落花生

許地山　著

許地山（一八九四年－一九四一年）

名贊堃，字地山，筆名落花生（落華生）。臺灣臺南人。現代作家、著名學者。一九一七年考入燕京大學。五四前後從事文學活動，後轉入英國牛津大學研究宗教學、印度哲學、梵文等。曾任教於燕京大學、香港大學。著有《空山靈雨》《綴網勞蛛》等。〈落花生〉為其傳世名作之一。

總序一

兒童文學的歷史與記憶

林文寶

大陸海豚出版社所出版之中國兒童文學經典懷舊系列，要在臺灣出版繁體版，這是臺灣兒童文學界的大事。該套書是蔣風先生策劃主編，其實就是上個世紀二、三十年代的作家與作品，絕大部分的作家與作品皆已是陌生的路人。因此，說是經典有失嚴肅；至於懷舊，或許正是這套書當時出版的意義所在。如今在臺灣印行繁體版，其意義又何在？

考查各國兒童文學的源頭，一般來說有三：

一、口傳文學

二、古代典籍

三、啟蒙教材

而臺灣似乎不只這三個源頭，綜觀臺灣近代的歷史，先後歷經荷蘭人佔據三十八年（一六二四—一六六二），西班牙局部佔領十六年（一六二六—

一六四二），明鄭二十二年（一六六一—一六八三），清朝治理二〇〇餘年（一六八三—一八九五），以及日本佔據五十年（一八九五—一九四五）。其間，相當長時間是處於被殖民的地位。因此，除了漢人移民文化外，尚有殖民者文化的滲入；尤其以日治時期的殖民文化影響最為顯著，荷蘭次之，西班牙最少，是以臺灣的文化在一九四五年以前是以漢人與原住民文化為主，殖民文化為輔的文化形態。

一九四五年十月二十五日國民黨接收臺灣後，大陸人來臺，注入文化的熱血液。接著一九四九年十二月七日國民黨政府遷都臺北，更是湧進大量的大陸人口。而後兩岸進入完全隔離的型態，直至一九八七年十一月臺灣戒嚴令廢除，兩岸開始有了交流與互動。一九八九年八月十一至二十三日「大陸兒童文學研究會」成員七人，於合肥、上海與北京進行交流，這是所謂的「破冰之旅」，正式開啟兩岸兒童文學交流歷史的一頁。

其實，兩岸或說同文，但其間隔離至少有百年之久，且由於種種政治因素，目前兩岸又處於零互動的階段。而後「發現臺灣」已然成為主流與事實。

因此，所謂臺灣兒童文學的源頭或資源，除前述各國兒童文學的三個源頭，又有受日本、西方歐美與中國的影響。而所謂三個源頭主要是以漢人文化為主，其實也就是傳統的中國文化。

臺灣兒童文學的起點，無論是一九〇七年（明治四〇年），或是一九一二年（明治四十五年／大正元年），雖然時間在日治時期，但無疑臺灣的兒童文學是屬於華文世界兒童文學的一支，它與中國漢人文化是有血緣近親的關係。因此，了解中國上個世紀新時代繁華盛世的兒童文學，是一種必然尋根之旅。

本套書是以懷舊和研究為先，因此增補了原書出版的年代（含年、月）、出版地以及作者簡介等資料。期待能補足你對華文世界兒童文學的歷史與記憶。

林文寶，現任臺東大學榮譽教授，曾任臺東大學人文學院院長、兒童文學研究所創所所長、亞洲兒童文學學會臺灣會長等。獲得第三屆五四兒童文學教育獎，中國文藝協會文藝獎章（兒童文學獎），信誼特殊貢獻獎等獎肯定。

總序二

原貌重現中國兒童文學作品

蔣風

今年年初的一天，我的年輕朋友梅杰給我打來電話，他代表海豚出版社邀請我為他策劃的一套中國兒童文學經典懷舊系列擔任主編，也許他認為我一輩子與中國兒童文學結緣，且大半輩子從事中國兒童文學教學與研究工作，對這一領域比較熟悉，了解較多，有利於全套書系經典作品的斟酌與取捨。

一開始我也感到有點突然，但畢竟自己從童年開始，就是讀《稻草人》《寄小讀者》《大林和小林》等初版本長大的。後又因教學和研究工作需要，幾乎一而再、再而三與這些兒童文學經典作品為伴，並反復閱讀。很快地，我的懷舊之情油然而生，便欣然允諾。

近幾個月來，我不斷地思考著哪些作品稱得上是中國兒童文學的經典？哪幾種是值得我們懷念的版本？一方面經常與出版社電話商討，一方面又翻找自己珍藏的舊書。同時還思考著出版這套書系的當代價值和意義。

中國兒童文學的歷史源遠流長，卻長期處於一種「不自覺」的蒙昧狀態。而清末宣統年間孫毓修主編的「童話叢刊」中的《無貓國》的出版，可算是「覺醒」的一個信號，至今已經走過整整一百年了。即便從中國出現「兒童文學」這個名詞後，葉聖陶的《稻草人》出版算起，也將近一個世紀了。在這段不長的時間裡，中國兒童文學不斷地成長，漸漸走向成熟。其中有些作品經久不衰，而一些作品卻在歷史的進程中消失了蹤影。然而，真正經典的作品，應該永遠活在眾多讀者的心底，並不時在讀者的腦海裡泛起她的倩影。

當我們站在新世紀初葉的門檻上，常常會在心底提出疑問：在這一百多年的時間裡，中國到底積澱了多少兒童文學經典名著？如今的我們又如何能夠重溫這些經典呢？

在市場經濟高度繁榮的今天，環顧當下圖書出版市場，能夠隨處找到這些經典名著各式各樣的新版本。遺憾的是，我們很難從中感受到當初那種閱讀經典作品時的新奇感、愉悅感、崇敬感。因為市面上的新版本，大都是美繪本、青少版、刪節版，甚至是粗糙的改寫本或編寫本。不少編輯和編者輕率地刪改了原作的字詞、標點，配上了與經典名著不甚協調的插圖。我想，真正的經典版本，從內容到形式都應該是精致的、典雅的，書中每個角落透露出來的氣息，都要與作品內在的美感、精神、品質相一致。於是，我繼續往前回想，記憶起那些經典名著的初版本，或者其他的老版本——我的心不禁微微一震，那裡才有我需要的閱讀感覺。

在很長的一段時間裡，我也渴望著這些中國兒童文學舊經典，能夠以它們原來的面貌重現於今天的讀者面前。至少，新的版本能夠讓讀者記憶起它們初始的樣子。此外，還有許多已經沉睡在某家圖書館或某個民間藏書家手裡的舊版本，我也希望它們能夠以原來的樣子再度展現自己。我想這恐怕也就是出版者推出這套書系的初衷。

也許有人會懷疑這種懷舊感情的意義。其實，懷舊是人類普遍存在的情感。它是一種自古迄今，不分中外都有的文化現象，反映了人類作為個體，在漫長的人生旅途上，需要回首自己走過的路，讓一行行的腳印在腦海深處復活。

懷舊，不是心靈無助的漂泊；懷舊也不是心理病態的表徵。懷舊，能夠使我們憧憬理想的價值；懷舊，可以讓我們明白追求的意義；懷舊，也促使我們理解生命的真諦。它既可讓人獲得心靈的慰藉，也能從中獲得精神力量。因此，我認為出版本書系，也是另一種形式的文化積澱。

懷舊不僅是一種文化積澱，它更為我們提供了一種經過時間發酵釀造而成的文化營養。它為認識、評價當前兒童文學創作、出版、研究提供了一份有價值的參照系統，體現了我們對它們批判性的繼承和發揚，同時還為繁榮我國兒童文學事業提供了一個座標、方向，從而順利找到超越以往的新路。這是本書系出版的根本旨意的基點。

這套書經過長時間的籌畫、準備，將要出版了。

我們出版這樣一個書系，不是炒冷飯，而是迎接一個新的挑戰。

我們的汗水不會白灑，這項勞動是有意義的。

我們是嚮往未來的，我們正在走向未來。

我們堅信自己是懷著崇高的信念，追求中國兒童文學更崇高的明天的。

二〇一一年三月二〇日
於中國兒童文學研究中心

蔣風，一九二五年生，浙江金華人。亞洲兒童文學學會共同會長、中國兒童文學學科創始人、中國國際兒童文學館館長。曾任浙江師範大學校長。著有《中國兒童文學講話》《兒童文學叢談》《兒童文學概論》《蔣風文壇回憶錄》等。二〇一一年，榮獲國際格林獎，是中國迄今為止唯一的獲得者。

目錄

弁言

生本不樂，能夠使人覺得稍微安適的，只有躺在床上那幾小時，但要在那短促的時間中希冀極樂，也是不可能的事。

自入世以來，屢遭變難，四方流離，未嘗寬懷就枕。在睡不著時，將心中似憶似想的事，隨感隨記；在睡著時，偶得趾離過愛，引領我到回憶之鄉，過那游離的日子，更不得不隨醒隨記。積時累日，成此小冊。以其雜遝紛紜，毫無線索，故名《空山靈雨》。

十一年一月二十五日　落華生

心有事

（開卷的歌聲）

心有事，無計問天。
心事鬱在胸中，叫我怎能安眠？
我獨對著空山，眉更不展；
我魂飄蕩，猶如出岫殘煙。
想起前事，我淚就如珠脫串。
獨有空山為我下雨漣漣。
我淚珠如急雨，急雨猶如水晶箭；
箭折，珠沉，融作山谿泉。
做人總有多少哀和怨。
積怨成淚，淚又成川！

今日淚、雨交匯入海，海漲就要沉沒赤縣：
累得那隻抱恨的精衛拚命去填。
呀，精衛！你這樣做，雖經萬劫也不能遂願。
不如咒海成冰，使他像鐵一樣堅。
那時節，我要和你相依戀，
各人才對立著，沉默無言。

蟬

急雨之後，蟬翼濕得不能再飛了。那可憐的小蟲在地面慢慢地爬，好容易爬到不老的松根上頭。松針穿不牢的雨珠從千丈高處脫下來，正滴在蟬翼上。蟬嘶了一聲，又從樹的露根摔到地上了。

雨珠，你和他開玩笑麼？你看，螞蟻來了！野鳥也快要看見他了！

蛇

在高可觸天的桄榔樹下。我坐在一條石凳上，動也不動一下。穿彩衣的蛇也蟠在樹根上，動也不動一下。多會讓我看見他，我就害怕得很，飛也似的離開那裡，蛇也和飛箭一樣，射入蔓草中了。

我回來，告訴妻子說：「今兒險些不能再見你的面！」

「什麼原故？」

「我在樹林見了一條毒蛇；一看見他，我就速速跑回來；蛇也逃走了。……到底是我怕他，還是他怕我？」

妻子說：「若你不走，誰也不怕誰。在你眼中，他是毒蛇；在他眼中，你比他更毒呢。」

但我心裡想著，要兩方互相懼怕，才有和平。若有一方大膽一點，不是他傷了我，便是我傷了他。

笑

我從遠地冒著雨回來。因為我妻子心愛的一樣東西讓我找著了；我得帶回來給她。

一進門，小丫頭為我收下雨具，老媽子也藉故出去了。我對妻子說：「相離好幾天，你悶得慌嗎？……呀，香得很！這是從哪裡來的？」

「窗櫺下不是有一盆素蘭嗎？」

我回頭看，幾箭蘭花在一個汝窯缽上開著。我說「這盆花多會移進來的？這麼大雨天，還能開得那麼好，真是難得啊！……可是我總不信那些花有如此的香氣。」

我們並肩坐在一張紫檀榻上。我還往下問：「良人，到底是蘭花的香，是你的香？」

「到底是蘭花的香，是你的香？讓我聞一聞。」她說時，親了我一下。小丫頭看見了，掩著嘴笑，翻身揭開簾子，要往外走。

「玉耀，玉耀，回來。」小丫頭不敢不回來，但，仍然抿著嘴笑。

「你笑什麼？」

「我沒有笑什麼。」

我為她們排解說：「你明知道她笑什麼，又何必問她呢，饒了她罷。」

妻子對小丫頭說：「不許到外頭瞎說。去罷，到園裡給我摘些瑞香來。」小丫頭抿著嘴出去了。

三遷

花嫂子著了魔了！她只有一個孩子，捨不得叫他入學。她說：「阿同的父親是因為念書念死的。」

阿同整天在街上和他的小夥伴玩：城市中應有的遊戲，他們都玩過。他們最喜歡學員警、人犯、老爺、財主、乞丐。阿同常要做人犯，被人用繩子捆起來，帶到老爺跟前挨打。

一天，給花嫂子看見了，說：「這還了得！孩子要學壞了。我得找地方搬家。」

她帶著孩子到村莊裡住。孩子整天在阡陌間和他的小夥伴玩：村莊裡應有的遊戲，他們都玩過。他們最喜歡做牛、馬、牧童、肥豬、公雞。阿同常要做牛，被人牽著騎著，鞭著他學耕田。

一天，又給花嫂子看見了，就說：「這還了得！孩子要變畜生了。我得找地方搬家。」

她帶孩子到深山的洞裡住。孩子整天在懸崖斷谷間和他的小夥伴玩。他的小夥伴就是小生番、小獼猴、大鹿、長尾三娘、大蛺蝶。他最愛學鹿的跳躍，獼猴的攀援，蛺蝶的飛舞。

有一天，阿同從懸崖上飛下去了。他的同伴小生番來給花嫂子報信，花嫂子說：「他飛下去麼？那麼，他就有本領了。」

呀，花嫂子瘋了！

香

妻子說：「良人，你不是愛聞香麼？我曾託人到鹿港去買上好的沉香線；現在已經寄到了。」她說著，便抽出妝臺的抽屜，取了一條沉香線，燃著，再插在小宣爐中。

我說：「在香煙繞繚之中，得有清談。給我說一個生番故事罷。不然，就給我談佛。」

妻子說：「生番故事，太野了。佛更不必說，我也不會說。」

「你就隨便說些你知道的罷，橫豎我們都不大懂得；你且說什麼是佛法罷。」

「佛法麼？——色，——聲，——香，——味，——觸，——造作，——思維，都是佛法；唯有愛聞香的愛不是佛法。」

「你又矛盾了！這是什麼因明？」

「不明白麼？因為你一愛，便成為你的嗜好；那香在你聞覺中，便不是本然的香了。」

願

南普陀寺裡的大石，雨後稍微覺得乾淨，不過綠苔多長一些。天涯的淡霞好像給我們一個天晴的信。樹林裡的虹氣，被陽光分成七色。樹上，雄蟲求雌的聲，淒涼得使人不忍聽下去。妻子坐在石上，見我來，就問：「你從哪裡來？我等你許久了。」

「我領著孩子們到海邊撿貝殼咧。阿瓊撿著一個破貝，雖不完全，裡面卻像藏著珠子的樣子。等他來到，我叫他拿出來給你看一看。」

「在這樹蔭底下坐著，真舒服呀！我們天天到這裡來，多麼好呢！」

妻說：「你哪裡能夠……？」

「為什麼不能？」

「你應當作蔭，不應當受蔭。」

「你願我作這樣的蔭麼？」

「這樣的蔭算什麼！我願你作無邊寶華蓋，能普蔭一切世間諸有情。願你為如意淨明珠，能普照一切世間諸有情。願你為降魔金剛杵，能破壞一切世間諸障礙。願你為多寶盂蘭盆，能盛百味，滋養一切世間諸饑渴者。願你有六手，十二手，百手，千萬手，無量數那由他如意手，能成全一切世間等等美善事。」

我說：「極善，極妙！但我願做調味的精鹽，滲入等等食品中，把自己的形骸融散，且回復當時在海裡的面目，使一切有情得嘗鹹味，而不見鹽體。」

妻子說：「只有調味，就能使一切有情都滿足嗎？」

我說：「鹽的功用，若只在調味，那就不配稱為鹽了。」

山響

群峰彼此談得呼呼地響。它們的話語，給我猜著了。

這一峰說：「我們的衣服舊了，該換一換啦。」

那一峰說：「且慢罷，你看，我這衣服好容易從灰白色變成青綠色，又從青綠色變成珊瑚色和黃金色，——質雖是舊的，可是形色還不舊。我們多穿一會罷。」

正在商量的時候，它們身上穿的，都出聲哀求說：「饒了我們，讓我們歇歇罷。我們的形態都變盡了，再不能為你們爭體面了。」

「去罷，去罷，不穿你們也算不得什麼。橫豎不久我們又有新的穿。」群峰都出著氣這樣說。說完之後，那紅的、黃的彩衣就陸續褪下來。

我們都是天衣，那不可思議的靈，不曉得甚時要把我們穿著得非常破爛，才把我們收入天櫥。願他多用一點氣力，及時用我們，使我們得以早早休息。

愚婦人

從深山伸出一條蜿蜒的路，窄而且崎嶇。一個樵夫在那裡走著，一面唱：

鵓鴣，鵓鴣，來年莫再鳴！
鵓鴣一鳴草又生。
草木青青不過一百數十日，
到頭來，又是樵夫擔上薪。

鵓鴣，鵓鴣，來年莫再鳴！
鵓鴣一鳴蟲又生。
百蟲生來不過一百數十日，
到頭來，又要紛紛撲紅燈。

鵪鶉，鵪鶉，來年莫再鳴！

………

他唱時，軟和的晚煙已隨他的腳步把那小路封起來了，他還要往下唱，猛然看見一個健壯的老婦人坐在溪澗邊，對著流水哭泣。

「你是誰？有什麼難過的事？說出來，也許我能幫助你。」

「我麼？唉！我……不必問了。」

樵夫心裡以為她一定是個要尋短見的人，急急把擔卸下，進前幾步，想法子安慰她。他說：「婦人，你有什麼難處，請說給我聽，或者我能幫助你。天色不早了，獨自一人在山中是很危險的。」

婦人說：「我從來就不知道什麼叫做難過。自從我父母死後，我就住在這樹林裡。我的親戚和同伴都叫我做石女。」她說到這裡，眼淚就融下來了。往下她的話語就支離得怪難明白。過一會，她才慢慢說：「我……我到這兩天才知道石女的意思。」

「知道自己名字的意思，更應當喜歡，為何倒反悲傷起來？」

「我每年看見樹林裡的果木開花，結實；把種子種在地裡，又生出新果木來。我看見我的親戚、同伴們不上二年就有一個孩子抱在她們懷裡。我想我也要像這樣——不上二年就可以抱一個孩子在懷裡。我心裡這樣說，這樣盼望，到如今，六十年了！我不明白，才打聽一下。呀，這一打聽，叫我多麼難過！我沒有抱孩子的希望了，……然而，我就不能像果木，比不上果木麼？」

「哈，哈，哈！」樵夫大笑了，他說：「這正是你的幸運哪！抱孩子的人，比你難過得多，你為何不往下再向她們打聽一下呢？我告訴你，不曾懷過胎的婦人是有福的。」

一個路旁素不相識的人所說的話，哪裡能夠把六十年的希望——迷夢——立時揭破呢？到現在，她的哭聲，在樵夫耳邊，還可以約略地聽見。

蜜蜂和農人

雨剛晴，蝶兒沒有蓑衣，不敢造次出來，可是瓜棚的四圍，已滿唱了蜜蜂的工夫詩：

彷彷，徨徨！徨徨，彷彷！
生就是這樣，徨徨，彷彷！
趁機會把蜜釀。
大家幫幫忙；
別誤了好時光。
彷彷，徨徨！徨徨，彷彷！

蜂雖然這樣唱，那底下坐著三四個農夫卻各人擔著煙管在那裡閒談。

人的壽命比蜜蜂長，不必像它們那麼忙麼？未必如此。不過農夫們不懂它們的歌就是了。但農夫們工作時，也會唱的。他們唱的是：

村中雞一鳴，
陽光便上升，
太陽上升好插秧。
禾秧要水養，
各人還為踏車忙。
東家莫截西家水；
西家不借東家糧。
各人只為各人忙——
「各人自掃門前雪，
不管他人瓦上霜。」

「小俄羅斯」的兵

短籬裡頭，一棵荔枝，結實纍纍。那朱紅的果實，被深綠的葉子托住，更是美觀；主人捨不得摘他們，也許是為這個緣故。

三兩個漫遊武人走來，相對說：「這棵紅了，熟了，就在這裡摘一點罷。」他們嫌從正門進去麻煩，就把籬笆拆開，大搖大擺地進前。一個上樹，兩個在底下接；一面摘，一面嘗，真高興呀！

屋裡跑出一個老婦人來，哀聲求他們說：「大爺們，我這棵荔枝還沒有熟哩；請別作踐他；等熟了，再送些給大爺們嘗嘗。」

樹上的人說：「胡說，你不見果子已紅了麼？怎麼我們吃就是作踐你東西？」

「唉，我一年的生計，都看著這棵樹。罷了，罷……」

「你還敢出聲麼？打死你算得什麼；待一會，看把你這棵不中吃的樹砍來做柴火燒，看你怎樣。有能幹，可以叫你們的人到廣東吃去。我們那裡也有好荔枝。」

唉，這也是戰勝者、強者的權利麼？

愛的痛苦

在綠蔭月影底下，朗日和風之中，或急雨飄雪的時候，牛先生必要說他的真言，「啊，拉夫斯偏①！」他在三百六十日中，少有不說這話的時候。

暮雨要來，帶著愁容的雲片，急急飛避；不識不知的蜻蜓還在庭園間遨遊著。愛誦真言的牛先生悶坐在屋裡，從西窗望見隔院的女友田和正抱著小弟弟玩。姊姊把孩子的手臂咬得吃緊；擘他的兩頰；搖他的身體；又掌他的小腿。孩子急得哭了。姊姊才忙忙地擁抱住他，堆著笑說：「乖乖，乖乖，好孩子，好弟弟，不要哭。我疼愛你，我疼愛你！不要哭。」不一會孩子的哭聲果然停了。可是弟弟剛現出笑容，姊姊又該咬他、擘他、搖他、掌他咧。

簷前的雨好像珠簾，把牛先生眼中的物件隔住。但方才那種印象，卻縈回在他眼中。他把窗戶關上，自己一人在屋裡蹀來踱去。最後，他點點頭，笑了一聲，「哈，哈！這也是拉夫斯偏！」

他走近書桌子，坐下，提起筆來，像要寫什麼似的。想了半天，才寫上一句七言詩。他念了幾遍，就搖頭，自己說：「不好，不好。我不會做詩，還是隨便記些起來好。」

牛先生將那句詩塗掉以後，就把他的日記拿出來寫。那天他要記的事情格外多。日記裡應用的空格，他在午飯後，早已填滿了。他裁了一張紙，寫著：

黃昏，大雨。田在西院弄她的弟弟，動起我一個感想，就是：人都喜歡見他們所愛者的愁苦；要想方法叫所愛者難受。所愛者越難受，愛者越喜歡，越加愛。

一切被愛的男子，在他們的女人當中，直如小弟弟在田的膝上一樣。他們也是被愛者玩弄的。

女人的愛最難給，最容易收回去。當她把愛收回去的時候，未必不是一種遊戲的衝動；可是苦了別人哪。

唉，愛玩弄人的女人，你何苦來這一下！愚男子，你的苦惱，又活該呢！

牛先生寫完，復看一遍，又把後面那幾句塗去，說：「寫得太過了，太過了！」

他把那張紙附貼在日記上，正要起身，老媽子把哭著的孩子抱出來，一面說：「姊姊不好，愛欺負人。不要哭，咱們找牛先生去。」

「姊姊打我！」這是孩子所能對牛先生說的話。

牛先生裝作可憐的聲音，憂鬱的容貌，回答說：「是麼？姊姊打你麼？來，我看看打到哪步田地？」

孩子受他的撫慰，也就忘了痛苦，安靜過來了。現在吵鬧的，只剩下外間急雨的聲音。

注①：「拉夫斯偏」，即 love's pain 的音譯，意為愛情的痛苦。

信仰的哀傷

在更闌人靜的時候，倫文就要到池邊對他心裡所立的樂神請求說：「我怎能得著天才呢？我的天才缺乏了，我要表現的，也不能盡地表現了！天才可以像油那樣，日日添注入我這盞小燈麼？若是能，求你為我，注入些少。」

「我已經為你注入了。」

倫先生聽見這句話，便放心回到自己的屋裡。他捨不得睡，提起樂器來，一口氣就製成一曲。自己奏了又奏，覺得滿意，才含著笑，到臥室去。

第二天早晨，他還沒有盥漱，便又把昨晚上的作品奏過幾遍；隨即封好，叫人郵到歌劇場去。

他的作品一發表出來，許多批評隨著在報上登載八九天。那些批評都很恭維他：說他是這一派，那一派。可是他又苦起來了！

在深夜的時候，他又到池邊去，垂頭喪氣地對著池水，從冂中發出顫聲說：「我所用的音節，不能達我的意思麼？呀，我的天才丟失了！再給我注入一點點罷。」

「我已經為你注入了。」

他屢次求，心中只聽得這句回答。每一作品發表出來，所得的批評，每每使他憂鬱不樂。最後，他把樂器摔碎了，說：「我信我的天才丟了，我不再作曲子了。唉，我所依賴的，枉費你眷顧我了。」

自此以後，社會上再不能享受他的作品；他也不曉得往哪裡去了。

暗途

「我的朋友，且等一等，待我為你點著燈，才走。」

吾威聽見他的朋友這樣說，便笑道：「哈哈，均哥，你以為我為女人麼？女人在夜間走路才要用火；男子，又何必呢？不用張羅，我空手回去罷，——省得以後還要給你送燈回來。」

吾威的村莊和均哥所住的地方隔著幾重山，路途崎嶇得很厲害。若是夜間要走那條路，無論是誰，都得帶燈。所以均哥一定不讓他暗中摸索回去。

均哥說：「你還是帶燈好。這樣的天氣，又沒有一點月影，在山中，難保沒有危險。」

吾威說：「若想起危險，我就回去不成了。……」

「那麼，你今晚上就住在我這裡，如何？」

「不，我總得回去，因為我的父親和妻子都在那邊等著我呢。」

「你這個人，太過執拗了。沒有燈，怎麼去呢？」均哥一面說，一面把點著的燈切切地遞給他。他仍是堅辭不受。

他說：「若是你定要叫我帶著燈走，那叫我更不敢走。」

「怎麼呢？」

「滿山都沒有光，若是我提著燈走，也不過是照得三兩步遠；且要累得滿山的昆蟲都不安。若湊巧遇見長蛇也衝著火光走來，可又怎辦呢？再說，這一點的光可以把那照不著的地方越顯得危險，越能使我害怕。在半途中，燈一熄滅，那就更不好辦了。不如我空著手走，初時雖覺得有些妨礙，不多一會，什麼都可以在幽暗中辨別一點。」

他說完，就出門。均哥還把燈提在手裡，眼看著他向密林中那條小路穿進去，才搖搖頭說：「天下竟有這樣怪人！」

吾威在暗途中走著，耳邊雖常聽見飛蟲、野獸的聲音，然而他一點害怕也沒有。在蔓草中，時常飛些螢火出來，光雖不大，可也夠了。他自己說：「這是均哥想不到，也是他所不能為我點的燈。」

那晚上他沒有跌倒；也沒有遇見毒蟲野獸；安然地到他家裡。

你為什麼不來

在天桃開透、濃蔭欲成的時候，誰不想伴著他心愛的人出去遊逛遊逛呢？在密雲不飛、急雨如注的時候，誰不願在深閨中等她心愛的人前來細談呢？

她悶坐在一張睡椅上，紊亂的心思像窗外的雨點——東拋，西織，來回無定。在有意無意之間，又順手拿起一把九連環慵懶懶地解著。

丫頭進來說：「小姐，茶點都預備好了。」

她手裡還是慵懶懶地解著，口裡卻發出似答非答的聲：

「……他為什麼還不來？」

除窗外的雨聲，和她手中輕微的銀環聲以外，屋裡可算靜極了！在這幽靜的屋裡，忽然從窗外伴著雨聲送來幾句優美的歌曲：

你放聲哭，
因為我把林中善鳴的鳥籠住麼？

你飛不動，
因為我把空中的雁射殺麼？
你不敢進我的門，
因為我家養狗提防客人麼？
因為我家養貓捕鼠，
你就不來麼？
因為我的燈火沒有籠罩，
燒死許多美麗的昆蟲
你就不來麼？
你不肯來，
因為我有……？

「有什麼呢？」她聽到末了這句，那紊亂的心就發出這樣的問。她心中接著想：因為我約你，所以你不肯來；還是因為大雨，使你不能來呢？

海

我的朋友說：「人的自由和希望，一到海面就完全失掉了！因為我們太不上算，在這無涯浪中無從顯出我們有限的能力和意志。」

我說：「我們浮在這上面，眼前雖不能十分如意，但後來要遇著的，或者超乎我們的能力和意志之外。所以在一個風狂浪駭的海面上，不能準說我們要到什麼地方就可以達到什麼地方；我們只能把性命先保持住，隨著波濤顛來簸去便了。」

我們坐在一隻不如意的救生船裡，眼看著載我們到半海就毀壞的大船漸漸沉下去。

我的朋友說：「你看，那要載我們到目的地的船快要歇息去了！現在在這茫茫的空海中，我們可沒有主意啦。」

幸而同船的人，心憂得很，沒有注意聽他的話。我把他的手搖了一下說：「朋友，這是你縱談的時候麼？你不幫著划槳麼？」

「划槳麼？這是容易的事。但要划到哪裡去呢？」

我說：「在一切的海裡，遇著這樣的光景，誰也沒有帶著主意下來，誰也脫不了在上面泛來泛去。我們儘管划罷。」

梨花

她們還在園裡玩，也不理會細雨絲絲穿入她們的羅衣。池邊梨花的顏色被雨洗得更白淨了，但朵朵都懶懶地垂著。

姊姊說：「你看，花兒都倦得要睡了！」

「待我來搖醒他們。」

姊姊不及發言，妹妹的手早已抓住樹枝搖了幾下。花瓣和水珠紛紛地落下來，鋪得銀片滿地，煞是好玩。

妹妹說：「好玩啊，花瓣一離開樹枝，就活動起來了！」

「活動什麼？你看，花兒的淚都滴在我身上哪。」

姊姊說這話時，帶著幾分怒氣，推了妹妹一下。

她接著說：「我不和你玩了；你自己在這裡罷。」

妹妹見姊姊走了，直站在樹下出神。停了半晌，老媽子走來，牽著她，一面走著，說：「你看，你的衣服都濕透了；在陰雨天，每日要換幾次衣服，叫人到哪裡找太陽給你晒去呢？」

落下來的花瓣，有些被她們的鞋印入泥中；有些粘在妹妹身上，被她帶走；有些浮在池面，被魚兒銜入水裡。那多情的燕子不歇把鞋印上的殘瓣和軟泥一同銜在口中，到梁間去，構成它們的香巢。

難解決的問題

我叫同伴到釣魚磯去賞荷，他們都不願意去，剩我自己走著，我走到清佳堂附近，就坐在山前一塊石頭上歇息。在瞻顧之間，小山後面一陣唧咕的聲音夾著蟬聲送到我耳邊。

誰願意在優游的天日中故意要找出人家的祕密呢？然而宇宙間的祕密都從無意中得來。所以在那時候，我不離開那裡，也不把兩耳掩住，任憑那些聲浪在耳邊蕩來蕩去。

劈頭一聲，我便聽得：「這實是一個難解決的問題。……」

既說是難解決，自然要把怎樣難的理由說出來。這理由無論是局內、局外人都愛聽的。以前的話能否鑽入我耳裡，且不用說，單是這一句，使我不能不注意。

山後的人接下去說：「在這三位中，你說要哪一位才合適？……梅說要等我十年；白說要等到我和別人結婚那一天；區說非嫁我不可，——她要終身等我。」

「那麼，你就要區罷。」

「但是梅的景況，我很了解。她的苦衷，我應當原諒。她能為了我犧牲十年的光陰，從她的境遇看來，無論如何，是很可敬的。設使梅居區的地位，她也能說，要終身等我。」

「那麼，梅、區都不要，要白如何？」

「白麼？也不過是她的環境使她這樣達觀。設使她處著梅的景況，她也只能等我十年。」

會話到這裡就停了。我的注意只能移到池上，靜觀那被輕風搖擺的芰荷。呀，葉底那對小鴛鴦正在那裡歇午哪！不曉得它們從前也曾解決過方才的問題沒有？不上一分鐘，後面的聲音又來了。

「那麼，三個都要如何？」

「笑話，就是沒有理性的獸類也不這樣辦。」

又停了許久。

「不經過那些無用的禮節，各人快活地同過這一輩子不成嗎？」

「唔……唔……唔……這是後來的話，且不必提，我們先解決目前的困難罷。我實不肯故意辜負了三位中的一位。我想用拈鬮的方法瞎挑一個就得了。」

「這不更是笑話麼？人間哪有這麼新奇的事！她們三人中誰願意遵你的命令，這樣辦呢？」

他們大笑起來。

「我們私下先拈一拈，如何？你權當作白，我權當作梅，剩下是區的份。」

他們由嚴重的密語化為滑稽的談笑了。我怕他們要鬧下坡來，不敢逗留在那裡，只得先走。釣魚磯也沒去成。

愛就是刑罰

「這什麼時候了，還埋頭在案上寫什麼？快同我到海邊去走走罷。」

丈夫儘管寫著，沒站起來，也沒抬頭對他妻子行個「注目笑」的禮。妻子跑到身邊，要搶掉他手裡的筆，他才說：「對不起，你自己去罷。船，明天一早就要開，今晚上我得把這幾封信趕出來；十點鐘還要送到船裡的郵箱去。」

「我要人伴著我到海邊去。」

「請七姨子陪你去。」

「七妹子說我嫁了，應當和你同行；她和別的同學先去了。我要你同我去。」

「我實在對不起你，今晚不能隨你出去。」他們爭執了許久，結果還是妻子獨自出去。

丈夫低著頭忙他的事體，足有四點鐘工夫。那時已經十一點了，他沒有進去看看那新婚的妻子回來了沒有，披起大衣大踏步地出門去。

他回來，還到書房裡檢點一切，才進入臥房。妻子已先睡了。他們的約法：

睡遲的人得親過先睡者的嘴才許上床。所以這位少年走到床前，依法親了妻子一下。妻子急用手在唇邊來回擦了幾下。那意思是表明她不受這個接吻。

丈夫不敢上床，呆呆地站在一邊。一會，他走到窗前，兩手支著下頷，點點的淚滴在窗櫺上。他說：「我從來沒受過這樣刑罰！……你的愛，到底在哪裡？」

「你說愛我，方才為什麼又刑罰我，使我孤零？」妻子說完，隨即起來，安慰他說：「好人，不要當真，我和你鬧玩哪。愛就是刑罰，我們能免掉麼？」

債

他一向就住在妻子家裡，因為他除妻子以外，沒有別的親戚。妻家的人愛他的聰明，也憐他的伶仃，所以萬事都尊重他。

他的妻子早已去世，膝下又沒有子女。他的生活就是念書、寫字，有時還彈彈七弦。他絕不是一個書呆子，因為他常要在書內求理解，不像書呆子只求多念。

妻子的家裡有很大的花園供他遊玩；有許多奴僕聽他使令。但他從沒有特意到園裡遊玩；也沒有呼喚過一個僕人。

在一個陰鬱的天氣裡，人無論在什麼地方都不舒服的。岳母叫他到屋裡閒談，不曉得為什麼緣故就勸起他來。岳母說：「我覺得自從儷兒去世以後，你就比前格外客氣。我勸你毋須如此，因為外人不知道都要怪我。看你穿成這樣，還不如家裡的僕人，若有生人來到，叫我怎樣過得去？倘或有人欺負你，說你這長那短，盡可以告訴我，我責罰他給你看。」

「我哪裡懂得客氣？不過我只覺得我欠的債太多，不好意思多要什麼。」

「什麼債？有人問你算帳麼？唉，你太過見外了！我看你和自己的子侄一樣，你短了什麼，儘管問管家的要去；若有人敢說閒話，我定不饒他。」

「我所欠的是一切的債。我看見許多貧乏人、愁苦人，就如該了他們無量數的債一般。我有好的衣食，總想先償還他們。世間若有一個人吃不飽足，穿不暖和，住不舒服，我也不敢公然獨享這具足的生活。」

「你說得太玄了！」她說過這話，停了半晌才接著點頭說：「很好，這才是讀書人『先天下之憂而憂』的精神。……然而你要什麼時候才還得清呢？你有清還的計畫沒有？」

「唔……唔……」他心裡從來沒有想到這個，所以不能回答。

「好孩子，這樣的債，自來就沒有人能還得清，你何必自尋苦惱？我想，你還是做一個小小的債主罷。說到具足生活，也是沒有涯岸的：我們今日所謂具足，焉知不是明日的缺陷？你多念一點書就知道生命即是缺陷的苗圃，是煩惱的秧田；若要補修缺陷，拔除煩惱，除棄絕生命外，沒有別條道路。然而，我們哪能辦得到？個個人都那麼怕死！你不要作這種非非想，還是順著境遇做人去罷。」

「時間，……計畫，……做人……」這幾個字從岳母口裡發出，他的耳鼓就如受了極猛烈的椎擊。他想來想去，已想昏了。他為解決這事，好幾天沒有出來。

那天早晨，女傭端粥到他房裡，沒見他，心中非常疑惑。因為早晨，他沒有什麼地方可去：海邊呢？他是不輕易到的。花園呢？他更不願意在早晨去。因為丫頭們都在那個時候到園裡爭摘好花去獻給她們幾位姑娘。他最怕見的是人家毀壞現成的東西。

女傭四圍一望，驀地看見一封信被留針刺在門上。她忙取下來，給別人一看，原來是給老夫人的。

她把信拆開，遞給老夫人。上面寫著：

親愛的岳母：

你問我的話，叫我實在想不出好回答。而且，因你這一問，使我越發覺得我所負的債更重。我想做人若不能還債，就得避債，絕不能叫債主把他揪住，使他受苦。若論還債，依我的力量、才能，是不濟事的。我得出去找幾個幫忙的人。如果不能找著，再想法子。現在我去了。多謝你栽培我這麼些年。我的前途，望你紀念；我的往事，願你忘卻。我也要時時祝你平安。

婿 容融留字

老夫人念完這信，就非常愁悶。以後，每想起她的女婿，便好幾天不高興。但不高興儘管不高興，女婿至終沒有回來。

暾將出兮東方

在山中住，總要起得早，因為似醒非醒地眠著，是山中各樣的朋友所憎惡的。破曉起來，不但可以靜觀彩雲的變幻；和細聽鳥語的婉轉；有時還從山巔、樹表、溪影、村容之中給我們許多不可說不可說的愉快。

我們住在山壓簷牙閣裡，有一次，在曙光初透的時候，大家還在床上眠著，耳邊恍惚聽見一隊童男女的歌聲，唱道：

榻上人，應覺悟！
曉雞頻催三兩度。
君不見——
「暾將出兮東方」，
微光已透前村樹？
榻上人，應覺悟！

往後又跟著一節和歌：

暾將出兮東方！
暾將出兮東方！
會見新曦被四表，
使我樂兮無央。

那歌聲還接著往下唱，可惜離遠了，不能聽得明白。

噓虛對我說：「這不是十年前你在學校裡教孩子唱的麼？怎麼會跑到這裡唱起來？」

我說：「我也很詫異，因為這首歌，連我自己也早已忘了。」

「你的暮氣滿面，當然會把這歌忘掉。我看你現在要用讚美光明的聲音去讚美黑暗哪。」

我說：「不然，不然。你何嘗了解我？本來，黑暗是不足詛咒，光明是毋須讚美的。光明不能增益你什麼，黑暗不能妨害你什麼，你以何因緣而生出差別心來？若說要讚美的話：在早晨就該讚美早晨；在日中就該讚美日中；在黃昏就該讚美黃昏；在長夜就該讚美長夜；在過去、現在、將來一切時間，就該讚美過去、現在、將來一切時間。說到詛咒，亦復如是。」

那時，朝曦已射在我們臉上，我們立即起來，計畫那日的遊程。

鬼讚

你們曾否在淒涼的月夜聽過鬼讚？有一次，我獨自在空山裡走，除遠處寒潭的魚躍出水聲略可聽見以外，其餘種種，都被月下的冷露幽閉住。我的衣服極其潤濕，我兩腿也走乏了。正要轉回家中，不曉得怎樣就經過一區死人的聚落。我因疲極，才坐在一個祭壇上少息。在那裡，看見一群幽魂高矮不齊，從各墳墓裡出來。他們仿佛沒有看見我，都向著我所坐的地方走來。

他們從這墓走過那墓，一排排地走著，前頭唱一句，後面應一句，和舉行什麼巡禮一樣。我也不覺得害怕，但靜靜地坐在一旁，聽他們的唱和。

第一排唱：「最有福的是誰？」

往下各排挨著次序應。

「是那曾用過視官，而今不能辨明暗的。」

「是那曾用過聽官，而今不能辨聲音的。」

「是那曾用過嗅官，而今不能辨香味的。」

「是那曾用過味官，而今不能辨苦甘的。」
「是那曾用過觸官，而今不能辨粗細、冷暖的。」
各排應完，全體都唱：「那棄絕一切感官的有福了！我們的骷髏有福了！」
第一排的幽魂又唱：「我們的骷髏是該讚美的。我們要讚美我們的骷髏。」
領首的唱完，還是挨著次序一排排地應下去。
「我們讚美你，因為你哭的時候，再不流眼淚。」
「我們讚美你，因為你發怒的時候，再不發出緊急的氣息。」
「我們讚美你，因為你悲哀的時候再不皺眉。」
「我們讚美你，因為你微笑的時候，再沒有嘴唇遮住你的牙齒。」
「我們讚美你，因為你聽見讚美的時候再沒有血液在你的脈裡顫動。」
「我們讚美你，因為你不肯受時間的播弄。」
全體又唱：「那棄絕一切感官的有福了！我們的骷髏有福了！」
他們把手舉起來一同唱：
「人哪，你在當生、來生的時候，有淚就得儘量流；有聲就得儘量唱；有苦就得儘量嘗；有情就得儘量施；有欲就得儘量取；有事就得儘量成就。等到你疲勞、等到你歇息的時候，你就有福了！」

他們誦完這段，就各自分散。

一時，山中睡不熟的雲直望下壓，遠地的丘陵都給埋沒了。我險些兒也迷了路途，幸而有斷斷續續的魚躍出水聲從寒潭那邊傳來，使我稍微認得歸路。

萬物之母

在這經過離亂的村裡，荒屋破籬之間，每日只有幾縷零零落落的炊煙冒上來；那人口的稀少可想而知。你一進到無論哪個村裡，最喜歡遇見的，是不是村童在阡陌間或園圃中跳來跳去；或走在你前頭，或隨著你步後模仿你的行動？村裡若沒有孩子們，就不成村落了。在這經過離亂的村裡，不但沒有孩子，而且有人向你要求孩子！

這裡住著一個不滿三十歲的寡婦，一見人來，便要求，說：「善心善行的人，求你對那位總爺說，把我的兒子給回。那穿虎紋衣服、戴虎兒帽的便是我的兒子。」

她的兒子被亂兵殺死已經多年了。她從不會忘記：總爺把無情的劍拔出來的時候，那穿虎紋衣服的可憐兒還用雙手招著，要她摟抱。她要跑去接的時候，她的精神已和黃昏的霞光一同痲痺而熟睡了。唉，最慘的事豈不是人把寡婦懷裡的獨生子奪過去，且在她面前害死嗎？要她在醒後把這事完全藏在她記憶的多寶箱裡，可以說，比剖芥子來藏須彌還難。

她的屋裡排列了許多零碎的東西；當時她兒子玩過的小囝也在其中。在黃昏時候，她每把各樣東西抱在懷裡說：「我的兒，母親豈有不救你，不保護你的？你現在在我懷裡咧。不要作聲，看一會人來又把你奪去。」可是一過了黃昏，她就立刻醒悟過來，知道那所抱的不是她的兒子。

那天，她又出來找她的「命」。月的光明蒙著她，使她在不知不覺間進入村後的山裡。那座山，就是白天也少有人敢進去，何況在盛夏的夜間，雜草把樵人的小徑封得那麼嚴！她一點也不害怕，攀著小樹，緣著蔦蘿，慢慢地上去。

她坐在一塊大石上歇息，無意中給她聽見了一兩聲的兒啼。她不及判別，便說：「我的兒，你藏在這裡麼？我來了，不要哭啦。」

她從大石下來，隨著聲音的來處，爬入石下一個洞裡。但是裡面一點東西也沒有。她很疲乏，不能再爬出來，就在洞裡睡了一夜。

第二天早晨，她醒時，心神還是非常恍惚。她坐在石上，耳邊還留著昨晚上的兒啼聲。這當然更要動她的心，所以那方從靄雲被裡鑽出來的朝陽無力把她臉上和鼻端的珠露晒乾了。她在瞻顧中，才看出對面山岩上坐著一個穿虎紋衣服的孩子。可是她看錯了！那邊坐著的，是一隻虎子；它的聲音從那邊送來很像兒啼。她立即離開所坐的地方，不管當中所隔的谷有多麼深，儘管攀援著，向那邊去。不幸早露未乾，所依附的都很濕滑，一失手，就把她溜到谷底。

她昏了許久才醒回來。小傷總免不了，卻還能夠走動。她爬著，看見身邊暴露了一副小骷髏。

「我的兒，你方才不是還在山上哭著麼？怎麼你母親來得遲一點，你就變成這樣？」她把骷髏抱住，說：「呀，我的苦命兒，我怎能把你醫治呢？」悲苦儘管悲苦，然而，自她丟了孩子以後，不能不算這是她第一次的安慰。

從早晨直到黃昏，她就坐在那裡，不但不覺得餓，連水也沒喝過。零星幾點，已懸在天空，那天就在她的安慰中過去了。

她忽想起幼年時代，人家告訴她的神話，就立起來說：「我的兒，我抱你上山頂，先為你摘兩顆星星下來，嵌入你的眼眶，教你看得見；然後給你找相像的皮肉來補你的身體。可是你不要再哭，恐怕給人聽見，又把你奪過去。」

「敬姑，敬姑。」找她的人們在滿山中這樣叫了好幾聲，也沒有一點影響。

「也許她被那隻老虎吃了。」

「不，不對，前晚那隻老虎是跑下來捕雲哥圈裡的牛犢被打死的。如果那東西把敬姑吃了，絕不再下山來赴死。我們再進深一點找罷。」

唉，他們的工夫白費了！縱然找著她，若是她還沒有把星星抓在手裡，她心裡怎能平安，怎能隨著他們回來？

春的林野

春光在萬山環抱裡，更是洩漏得遲。那裡的桃花還是開著；漫遊的薄雲從這峰飛過那峰，有時稍停一會，為的是擋住太陽，叫地面的花草在它的蔭下避避光焰的威嚇。

岩下的蔭處和山溪的旁邊滿長了薇蕨和其他鳳尾草。紅、黃、藍、紫的小草花點綴在綠茵上頭。

天中的雲雀，林中的金鶯，都鼓起它們的舌簧。輕風把它們的聲音擠成一片，分送給山中各樣有耳無耳的生物。桃花聽得入神，禁不住落了幾點粉淚，一片一片凝在地上。小草花聽得大醉，也和著聲音的節拍一會倒，一會起，沒有鎮定的時候。

林下一班孩子正在那裡撿桃花的落瓣哪。他們撿著，清兒忽嚷起來，道：「啊，邕邕來了！」眾孩子住了手，都向桃林的盡頭盼望。果然邕邕也在那裡摘草花。

清兒道：「我們今天可要試試阿桐的本領了。若是他能辦得到，我們都把花瓣穿成一串瓔珞圍在他身上，封他為大哥如何？」

眾人都答應了。

阿桐走到邕邕面前，道：「我們正等著你來呢。」

阿桐的左手盤在邕邕的脖上，一面走一面說：「今天他們要替你辦嫁妝，叫你做我的妻子。你能做我的妻子麼？」

邕邕狠視了阿桐一下，回頭用手推開他，不許他的手再搭在自己脖上。孩子們都笑得支持不住了。

眾孩子嚷道：「我們見過邕邕用手推人了！阿桐贏了！」

邕邕從來不會拒絕人，阿桐怎能知道一說那話，就能使她動手呢？是春光的蕩漾，把他這種心思泛出來呢？或者，天地之心就是這樣呢？

你且看：漫遊的薄雲還是從這峰飛過那峰。

你且聽：雲雀和金鶯的歌聲還布滿了空中和林中。在這萬山環抱的桃林中，除那班愛鬧的孩子以外，萬物把春光領略得心眼都迷蒙了。

花香霧氣中的夢

在覆茅塗泥的山居裡，那阻不住的花香和霧氣從疏簾竄進來，直撲到一對夢人身上。妻子把丈夫搖醒，說：「快起罷，我們的被褥快濕透了。怪不得我總覺得冷，原來太陽被囚在濃霧的監獄裡不能出來。」

那夢中的男子，心裡自有他的溫暖，身外的冷與不冷他毫不介意。他沒有睜開眼睛便說：「嗳呀，好香！許是你桌上的素馨露灑了罷？」

「哪裡？你還在夢中哪。你且睜眼看簾外的光景。」

他果然揉了眼睛，擁著被坐起來，對妻子說：「怪不得我淨夢見一群女子在微雨中遊戲。若是你不叫醒我，我還要往下夢哪。」

妻子也擁著她的絨被坐起來說：「我也有夢。」

「快說給我聽。」

「我夢見把你丟了。我自己一人在這山中遍處尋找你，怎麼也找不著。我越過山後，只見一個美麗的女郎挽著一籃珠子向各樹的花葉上頭亂撒。我上前去向她問你的下落，她笑著問我：『他是誰，找他幹什麼？』我當然回答，他是我的丈夫，——」

「原來你在夢中也記得他！」他笑著說這話，那雙眼睛還顯出很滑稽的樣子。

妻子不喜歡了。她轉過臉背著丈夫說：「你說什麼話！你老是要挑剔人家的話語，我不往下說了。」她推開絨被，隨即呼喚丫頭預備臉水。

丈夫速把她揪住，央求說：「好人，我再不敢了。你往下說罷。以後若再饒舌，情願受罰。」

「誰希罕罰你？」妻子把這次的和平畫押了。她往下說：「那女人對我說，你在山前柚花林裡藏著。我那時又像把你忘了。……」

「哦，你又……不，我應許過不再說什麼的；不然，我就要受罰了。你到底找著我沒有？」

「我沒有向前走，只站在一邊看她撒珠子。說來也很奇怪：那些珠子粘在各花葉上都變成五彩的零露，連我的身體也沾滿了。我忍不住，就問那女郎。女郎說：『東西還是一樣，沒有變化，因為你的心思前後不同，所以覺得變了。你認為珠子，是在我撒手之前，因為你想我這籃子絕不能盛得露水。你認為露珠時，在我撒手之後，因為你想那些花葉不能留住珠子。我告訴你：你所認的不在東西，乃在使用東西的人和時間；你所愛的，不在體質，乃在體質所表的情。你怎樣愛月呢？是愛那懸在空中已經老死的暗球麼？你怎樣愛雪呢？是愛他那種砭人肌骨的凜洌麼？』」

「她一說到雪，我打了一個寒噤，便醒起來了。」

丈夫說：「到底沒有找著我。」

妻子一把抓住他的頭髮，笑說：「這不是找著了嗎？……我說，這夢怎樣？」

「凡你所夢都是好的。那女郎的話也是不錯。我們最愉快的時候豈不是在接吻後，彼此的凝視嗎？」他向妻子癡笑，妻子把絨被拿起來，蓋在他頭上，說：「惡鬼！這會可不讓你有第二次的凝視了。」

荼蘼

我常得著男子送給我的東西，總沒有當他們做寶貝看。我的朋友師松卻不如此，因為她從不曾受過男子的贈與。

自鳴鐘敲過四下以後，山上禮拜寺的聚會就完了。男男女女像出圈的羊，急要下到山坡覓食一般。那邊有一個男學生跟著我們走，他的正名字我忘記了，我只記得人家都叫他做「宗之」。他手裡拿著一枝荼蘼，且行且嗅。荼蘼本不是香花，他嗅著，不過是一種無聊舉動便了。

「松姑娘，這枝荼蘼送給你。」他在我們後面嚷著。松姑娘回頭看見他滿臉堆著笑容遞著那花，就速速伸手去接。她接著說：「很多謝，很多謝。」宗之只笑著點點頭，隨即從西邊的山徑轉回家去。

「他給我這個，是什麼意思？」

「你想他有什麼意思，他就有什麼意思。」我這樣回答她。走不多遠，我們也分途各自家去了。

她自下午到晚上不歇把弄那枝荼蘼。那花像有極大的魔力，不讓她撒手一樣。她要放下時，每覺得花兒對她說：「為什麼離奪我？我不是從宗之手裡遞給你，交你照管的嗎？」

呀，宗之的眼、鼻、口、齒、手、足、動作，沒有一件不在花心跳躍著，沒有一件不在她眼前的花枝顯現出來！她心裡說：「你這美男子，為甚緣故送給我這花兒？」她又想起那天經壇上的講章，就自己回答說：「因為他顧念他使女的卑微，從今而後，萬代要稱我為有福。」

這是她愛荼蘼花，還是宗之愛她呢？我也說不清，只記得有一天我和宗之正坐在榕樹根談話的時候，他家的人跑來對他說：「松姑娘吃了一朵什麼花，說是你給她的，現在病了，她家的人要找你去問話咧。」

他嚇了一跳，也摸不著頭腦，只說：「我哪時節給她東西吃？這真是……！」我說：「你細想一想。」他怎麼也想不起來。我才提醒他說：「你前個月在斜道上不是給了她一朵荼蘼嗎？」

「對呀，可不是給了她一朵荼蘼！可是我哪裡叫她吃了呢？」

「為什麼你單給她，不給別人？」我這樣問他。

他很直截地說：「我並沒有什麼意思，不過隨手摘下，隨手送給別人就是了。我平素送了許多東西給人，也沒有什麼事；怎麼一朵小小的荼蘼就可使她著了魔？」

他還坐在那裡沉吟，我便促他說：「你還能在這裡坐著麼？不管她是誤會，你是有意，你既然給了她，現在就得去看她一看才是。」

「我哪有什麼意思？」

我說：「你且去看看罷。蚌蛤何嘗立志要生珠子呢？也不過是外間的沙粒偶然滲入他的殼裡，他就不得不用盡工夫分泌些黏液把那小沙裹起來罷了。你雖無心，可是你的花一到她手裡，管保她不因花而愛起你來嗎？你敢保她不把那花當作你所賜給愛的標識，就納入她的懷中，用心裡無限的情思把他圍繞得非常嚴密嗎？也許她本無心，但因你那美意的沙無意中掉在她愛的貝殼裡，使她不得不如此。不用躊躇了，且去看看罷。」

宗之這才站起來，皺一皺他那副冷靜的臉龐，跟著來人從林菁的深處走出去。

七寶池上的鄉思

彌陀說：「極樂世界的池上，
何來淒切的泣聲？
迦陵頻迦，你下去看看
是誰這樣倡狂。」
於是迦陵頻迦鼓著翅膀，
飛到池邊一棵寶樹上，
還歇在那裡，引頸下望：
「咦，佛子，你豈忘了這裡是天堂？
你豈不愛這裡的寶林成行？
樹上的花花相對，
葉葉相當？」
你豈不聞這裡有等等妙音充耳；

豈不見這裡有等等莊嚴寶相？
住這樣具足的樂土，
為何儘自悲傷？」
坐在寶蓮上的少婦還自啜泣，合掌回答說：
「大士，這裡是你的家鄉，
在你，當然不覺得有何等苦況。
我的故土是在人間，
怎能叫我不哭著想？

「我要來的時候，
我全身都冷卻了；
但我的夫君，還用他溫暖的手將我摟抱；
用他融溶的淚滴在我額頭。

「我要來的時候，

我全身都挺直了；
但我的夫君，還把我的四肢來回曲撓。

「我要來的時候，
我全身的顏色，已變得直如死灰；
但我的夫君還用指頭壓我的兩頰，
看看從前的粉紅色能否復回。

「現在我整天坐在這裡，
不時聽見他的悲啼。
唉，我額上的淚痕，
我臂上的暖氣，
我臉上的顏色，
我全身的關節，
都因著我夫君的聲音，

燒起來，溶起來了！
我指望來這裡享受快樂，
現在反憔悴了！

「呀，我要回去，
我要回去
我要回去止住他的悲啼。
我巴不得現在就回去止住他的悲啼。」

迦陵頻迦說：
「你且靜一靜，
我為你吹起天笙，
把你心中愁悶的壘塊平一平；
且化你耳邊的悲啼為歡聲。
你且靜一靜，

我為你吹這天笙。」

「你的聲不能變為愛的噴泉，
不能滅我身上一切愛痕的烈焰；
也不能變為忘的深淵，
使他將一切情愫投入裡頭，
不再將人惦念。
我還得回去和他相見，
去解他的眷戀。」

「呵，你這樣有情，
誰還能對你勸說
向你攔禁？
回去罷，須記得這就是輪回因。」

彌陀說：「善哉，迦陵！
你乃能為她說這大因緣！
縱然碎世界為微塵，
這微塵中也往著無量的情。
所以世界不盡，有情不盡；
有情不盡，輪回不盡；
輪回不盡，濟度不盡；
濟度不盡，樂土乃能顯現不盡。」

話說完，蓮瓣漸把少婦裹起來，再合成一朵菡萏低垂著。微風一吹，他荏弱得支援不住，便墮入池裡。

迦陵頻迦好像記不得這事，在那花花相對、葉葉相當的林中，向著別的有情歌唱去了。

銀翎的使命

黃先生約我到獅子山麓陰濕的地方去找捕蠅草。那時剛過梅雨之期，遠地青山還被煙霞蒸著，唯有幾朵山花在我們眼前淡定地看那在溪澗裡逆行的魚兒喋著他們的殘瓣。

我們沿著溪澗走。正在找尋的時候，就看見一朵大白花從上游順流而下。我說：「這時候，哪有偌大的白荷花流著呢？」

我的朋友說：「你這近視鬼！你準看出那是白荷花麼？我看那是……」

說時遲，來時快，那白的東西已經流到我們跟前。黃先生急把採集網攔住水面；那時，我才看出是一隻鴿子。他從網裡把那死的飛禽取出來，詫異說：「是誰那麼不仔細，把人家的傳書鴿打死了！」他說時，從鴿翼下取出一封長的小信來，那信已被水浸透了；我們慢慢把他展開，披在一塊石上。

「我們先看看這是從哪裡來，要寄到哪裡去的，然後給他寄去，如何？」我一面說，一面看著。但那上頭不特位址沒有，甚至上下的款識也沒有。

黃先生說：「我們先看看裡頭寫的是什麼，不必講私德了。」

我笑著說：「是，沒有名字的信就是公的；所以我們也可以披閱一遍。」

於是我們一同念著：

你叫昆兒帶銀翎、翠翼來，吩咐我，若是他們空著回去，就是我還平安的意思。我恐怕他知道，把這兩隻小寶貝寄在霞妹那裡；誰知道前天她開籠擱飼料的時候，不提防把翠翼放走了！

噯，愛者，你看翠翼沒有帶信回去，定然很安心，以為我還平安無事。我也很盼望你常想著我的精神和去年一樣。不過現在不能不對你說的，就是過幾天人就要把我接去了！我不得不叫你速速來和他計較。你一來，什麼事都好辦了。因為他怕的是你和他講理。

噯，愛者，你見信以後，必得前來，不然，就見我不著；以後只能在累累荒塚中讀我的名字了，這不是我不等你，時間不讓我等你喲！

我盼望銀翎平平安安地帶著他的使命回去。

我們念完，黃先生道：「這是怎麼一回事？」

「誰能猜呢？反正是不幸的事罷了。現在要緊的，就是怎樣處置這封信。我想把他貼在樹上，也許有知道這事的人經過這裡，可以把他帶去。」我搖著頭，且輕輕地把信揭起。

黃先生說：「不如拿到村裡去打聽一下，或者容易找出一點線索。」

我們商量之下，就另抄一張起來，仍把原信繫在鴿翼底下。黃先生用採掘鍬子在溪邊挖了一個小坑，把鴿子葬在裡頭。回頭為他立了一座小碑，且從水中淘出幾塊美麗的小石壓在墓上。那墓就在山花盛開的地方，我一翻身，就把些花瓣搖下來，也落在這使者的墓上。

美的牢獄

嬿求正在鏡臺邊理她的晨妝，見她的丈夫從遠地回來，就把頭攏住，問道：「我所需要的你都給帶回來了沒有？」

「對不起！你雖是一個建築師，或泥水匠，能為你自己建築一座『美的牢獄』；我卻不是一個轉運者，不能為你搬運等等材料。」

「你念書不是念得越糊塗，便是越高深了！怎麼你的話，我一點也聽不懂？」

丈夫含笑說：「不懂麼？我知道你開口愛美，閉口愛美，多方地要求我給你帶等等裝飾回來；我想那些東西都圍繞在你的體外，合起來，豈不是成為一座監禁你的牢獄嗎？」

她靜默了許久，也不作聲。她的丈夫往下說：「妻呀，我想你還不明白我的意思。我想所有美麗的東西，只能讓他們散布在各處，我們只能在他們的出處愛他們；若是把他們聚攏起來，擱在一處，或在身上，那就不美了。……」

她睜著那雙柔媚的眼，搖著頭說：「你說得不對。你說得不對。若不剖蚌，怎能得著珠璣呢？若不開山，怎能得著金剛、玉石、瑪瑙等等寶物呢？而且那些東西，本來不美，必得人把他們琢磨出來，加以裝飾，才能顯得美麗咧。若說我要裝飾，就是建築一所美的牢獄，且把自己監在裡頭，且問誰不被監在這種牢獄裡頭呢？如果世間真有美的牢獄，像你所說，那麼，我們不過是造成那牢獄的一沙一石罷了。」

「我的意思就是聽其自然，連這一沙一石也毋須留存。孔雀何為自己修飾羽毛呢？芰荷何嘗把他的花染紅了呢？」

「所以說他們沒有美感！我告訴你，你自己也早已把你的牢獄建築好了。」

「胡說！我何曾？」

「你心中不是有許多好的想像；不是要照你的好理想去行事麼？你所有的，是不是從古人曾經建築過的牢獄裡檢出其中的殘片？或是在自己的世界取出來的材料呢？自然要加上一點人為才能有意思。若是我的形狀和荒古時候的人一樣，你還愛我嗎？我準敢說，你若不好好地住在你的牢獄裡頭，且不時時把牢獄的牆垣壘得高高的，我也不能愛你。」

剛愎的男子，你何嘗佩服女子的話？你不過會說：「就是你會說話！等我思想一會兒，再與你決戰。」

補破衣的老婦人

她坐在簷前，微微的雨絲飄搖下來，多半聚在她臉龐的皺紋上頭。她一點也不理會，儘管收拾她的筐子。

在她的筐子裡有很美麗的零剪綢緞；也有很粗陋的麻頭、布尾。她從沒有理會雨絲在她頭、面、身體之上亂撲；只提防著筐裡那些好看的材料沾濕了。

那邊來了兩個小弟兄。也許他們是學校回來。小弟弟管她叫做「衣服的外科醫生」；現在見她坐在簷前，就叫了一聲。

她抬起頭來，望著這兩個孩子笑了一笑。那臉上的皺紋雖皺得更厲害，然而生的痛苦可以從那裡擠出許多，更能表明她是一個享樂天年的老婆子。

小弟弟說：「醫生，你只用筐裡的材料在別人的衣服上，怎麼自己的衣服卻不管了？你看你肩脖補的那一塊又該掉下來了。」

老婆子摩一摩自己的肩脖，果然隨手取下一塊小方布來。她笑著對小弟弟說：「你的眼睛實在精明！我這塊原沒有用線縫住；因為早晨忙著要出來，只用漿子暫時糊著，盼望晚上回去彌補；不提防雨絲替我揭起來了！……這揭得也不錯。我，既如你所說，是一個衣服的外科醫生，那麼，我是不怕自己的衣服害病的。」

她仍是整理筐裡的零剪綢緞，沒理會雨絲零落在她身上。

哥哥說：「我看爸爸的手冊裡夾著許多的零剪文件；他也是像你一樣：不時地翻來翻去。他……」

弟弟插嘴說：「他也是另一樣的外科醫生。」

老婆子把眼光射在他們身上，說：「哥兒們，你們說得對了。你們的爸爸愛惜小冊裡的零碎文件，也和我愛惜筐裡的零剪綢緞一般。他湊合多少地方的好意思，等用得著時，就把他們編連起來，成為一種新的理解。所不同的，就是他用的頭腦；我用的只是指頭便了。你們叫他做……」

說到這裡，父親從裡面出來，問起事由，便點頭說：「老婆子，你的話很中肯要。我們所為，原就和你一樣，東搜西羅，無非是些綢頭、布尾，只配用來補補破衲襖罷了。」

父親說完，就下了石階，要在微雨中到葡萄園裡，看看他的葡萄長芽了沒有。這裡孩子們還和老婆子爭論著要號他們的爸爸做什麼樣醫生。

光的死

光離開他的母親去到無量無邊，一切生命的世界上。因為他走的時候臉上常帶著很憂鬱的容貌，所以一切能思維、能造作的靈體也和他表同情；一見他，都低著頭容他走過去；甚至帶著淚眼避開他。

光因此更煩悶了。他走得越遠，力量越不足；最後，他躺下了。他躺下的地方，正在這塊大地。在他旁邊有幾位聰明的天文家互相議論說：「太陽的光，快要無所附麗了，因為他冷死的時期一天近似一天了。」

光垂著頭，低聲訴說：「唉，諸大智者，你們為何淨在我母親和我身上擔憂？你們豈不明白我是為饒益你們而來麼？你們從沒有在我面前做過我曾為你們做的事。你們沒有接納我，也沒有……」

他母親在很遠的地方，見他躺在那裡嘆息，就叫他回去說：「我的命兒，我所愛的，你回去罷。我一天一天任你自由地離開我，原是為眾生的益處；他們既不承受，你何妨回來？」

光回答說：「母親，我不能回去了。因為我走遍了一切世界，遇見一切能思維、能造作的靈體，到現在還沒有一句話能夠對你回報。不但如此，這裡還有人正咒詛我們哪！我哪有面目回去呢？我就安息在這裡罷。」

他的母親聽見這話，一種幽沉的顏色早已現在臉上。他從地上慢慢走到海邊，帶著自己的身體、威力，一分一厘地浸入水裡。母親也跟著暈過去了。

再會

靠窗櫺坐著那位老人家是一位航海者，剛從海外歸來的。他和蕭老太太是少年時代的朋友，彼此雖別離了那麼些年，然而他們會面時，直像忘了當中經過的日子。現在他們正談起少年時代的舊話。

「蔚明哥，你不是二十歲的時候出海的麼？」她屈著自己的指頭，數了一數，才用那雙被閱歷染濁了的眼睛看著她的朋友說：「呀，四十五年就像我現在數著指頭一樣地過去了！」

老人家把手捋一捋鬍子，很得意地說：「可不是！……記得我到你家辭行那一天，你正在園裡飼你那隻小鹿；我站在你身邊一棵正開著花的枇杷樹下，花香和你頭上的油香雜竄入我的鼻中。當時，我的別緒也不曉得要從哪裡說起；但你只低頭撫著小鹿。我想你那時也不能多說什麼，你竟然先問一句『要等到什麼時候我們再能相見呢？』我就慢答道：『毋須多少時候。』那時，你……」

老太太截著說：「那時候的光景我也記得很清楚。當你說這句的時候，我不是說『要等再相見時，除非是黑墨有洗得白的時節。』哈哈！你去時，那縷漆黑的頭髮現在豈不是已被海水洗白了麼？」

老人家摩摩自己的頭頂，說：「對啦！這也算應驗哪！可惜我總不見著芳哥，他過去多少年了？」

「唉，久了！你看我已經抱過四個孫兒了。」她說時，看著窗外幾個孩子在瓜棚下玩，就指著那最高的孩子說：「你看鼎兒已經十二歲了，他公公就在他彌月後去世的。」

他們談話時，丫頭端了一盤牡蠣煎餅來。老太太舉手讓著蔚明哥說：「我定知道你的嗜好還沒有改變，所以特地為你做這東西。

「你記得我們少時，你母親有一天做這樣的餅給我們吃。你拿一塊，吃完了才嫌餅裡的牡蠣少，助料也不如我的多，鬧著要把我的餅搶去。當時，你母親說了一句話，叫我常常憶起，就是『好孩子，算了罷。助料都是擱在一起滲勻的。做的時候，誰有工夫把分量細細去分配呢？這自然是免不了有些多，有些少的；只要餅的氣味好就夠了。你所吃的原不定就是為你做的，可是你已經吃過，就不能再要了。』蔚明哥，你說末了這話多麼感動我呢！拿這個來比我們的境遇罷：

境遇雖然一個一個排列在面前，容我們有機會選擇，有人選得好，有人選得歹，可是選定以後，就不能再選了。」

老人家拿起餅來吃，慢慢地說：「對啦！你看我這一生淨在海面生活，生活極其簡單，不像你這麼繁複，然而我還是像當時吃那餅一樣——也就飽了。」

「我想我老是多得便宜。我的『境遇的餅』雖然多一些助料，也許好吃一些，但是我的飽足是和你一樣的。」

談舊事是多麼開心的事！看這光景，他們像要把少年時代的事蹟一一回溯一遍似的。但外面的孩子們不曉得因什麼事鬧起來，老太太先出去做判官；這裡留著一位矍鑠的航海者靜靜地坐著吃他的餅。

橋邊

我們住的地方就在桃溪溪畔。夾岸遍是桃林：桃實、桃葉映入水中，更顯出溪邊的靜謐。真想不到倉皇出走的人還能享受這明媚的景色！我們日日在林下遊玩；有時踱過溪橋，到朋友的蔗園裡找新生的甘蔗吃。

這一天，我們又要到蔗園去，剛踱過橋，便見阿芳——蔗園的小主人——很憂鬱地坐在橋下。

「阿芳哥，起來領我們到你園裡去。」他舉起頭來，望了我們一眼，也沒有說什麼。

我哥哥說：「阿芳，你不是說你一到水邊就把一切的煩悶都洗掉了嗎？你不是說，你是水邊的蜻蜓麼？你看歇在水葒花上那隻蜻蜓比你怎樣？」

「不錯。然而今天就是我第一次的憂悶。」

我們都下到岸邊，圍繞住他，要打聽這回事。他說：「方才紅兒掉在水裡了！」紅兒是他的腹婚妻，天天都和他在一塊兒玩的。我們聽了他這話，都驚訝得很。哥哥說：「那麼，你還能在這裡悶坐著嗎？還不趕緊去叫人來？」

「我一回去，我媽心裡的憂鬱怕也要一顆一顆地結出來，像桃實一樣了。我寧可獨自在此憂傷，不忍使我媽媽知道。」

我的哥哥不等說完，一股氣就跑到紅兒家裡。這裡阿芳還在皺著眉頭，我也眼巴巴地望著他，一聲也不響。

「誰掉在水裡啦？」

我一聽，是紅兒的聲音，速回頭一望，果然哥哥攜著紅兒來了！她笑眯眯地走到芳哥跟前，芳哥像很驚訝地望著她。很久，他才出聲說：「你的話不靈了麼？方才我貪著要到水邊看看我的影兒，把他擱在樹上，不留神輕風一搖，把他搖落水裡。他隨著流水往下流去；我回頭要抱他，他已不在了。」

紅兒才知道掉在水裡的是她所贈與的小囝。她曾對阿芳說那小囝也叫紅兒，若是把他丟了，便是丟了她。所以芳哥這麼謹慎看護著。

芳哥實在以紅兒所說的話是千真萬真的，看今天的光景，可就叫他懷疑了。他說：「哦，你的話也是不準的！我這時才知道丟了你的東西不算丟了你，真把你丟了才算。」

我哥哥對紅兒說：「無意的話倒能叫人深信：芳哥對你的信念，頭一次就在無意中給你打破了。」

紅兒也不著急，只優游地說：「信念算什麼？要真相知才有用哪。……也好，我借著這個就知道他了。我們還是到蔗園去罷。」

我們一同到蔗園去，芳哥方才的憂鬱也和糖汁一同吞下去了。

頭髮

這村裡的大道今天忽然點綴了許多好看的樹葉，一直達到村外的麻栗林邊。村裡的人，男男女女都穿得很整齊，像舉行什麼大節期一樣。但六月間沒有重要的節期，婚禮也用不著這麼張羅，到底是為甚事？

那邊的男子們都唱著他們的歌，女子也都和著。我只靜靜地站在一邊看。

一隊兵押著一個壯年的比丘從大道那頭進前。村裡的人見他來了，歌唱得更大聲。婦人們都把頭髮披下來，爭著跪在道旁，把頭髮鋪在道中；從遠一望，直像整匹的黑練攤在那裡。那位比丘從容地從眾女人的頭髮上走過；後面的男子們都嚷著：「可讚美的孔雀旗呀！」

他們這一嚷就把我提醒了。這不是倡自治的孟法師入獄的日子嗎？我心裡這樣猜，趕到他離村裡的大道遠了，才轉過籬笆的西邊。剛一拐彎，便遇著一個少女摩著自己的頭髮，很懊惱地站在那裡。我問她說：「小姑娘，你站在此地，為你們的大師傷心麼？」

「固然。但是我還咒詛我的頭髮為什麼偏生短了，不能攤在地上，教大師腳下的塵土留下些少在上頭。你說今日村裡的眾女子，哪一個不比我榮幸呢？」

「這有什麼榮幸？若你有心恭敬你的國土和你的大師就夠了。」

「咦！靜藏在心裡的恭敬是不夠的。」

「那麼，等他出獄的時候，你的頭髮就夠長了。」

女孩子聽了，非常喜歡，至於跳起來說：「得先生這一祝福，我的頭髮在那時定能比別人長些。多謝了！」

她跳著從籬笆對面的流連子園去了。我從西邊一直走，到那麻栗林邊。那裡的土很濕，大師的腳印和兵士的鞋印在上頭印得很分明。

疲倦的母親

那邊一個孩子靠近車窗坐著，遠山，近水，一幅一幅，次第嵌入窗戶，射到他的眼中。他手畫著，口中還咿咿啞啞地，唱些沒字曲。

在他身邊坐著一個中年婦人，支著頭瞌睡。孩子轉過臉來，搖了她幾下，說：「媽媽，你看看，外面那座山很像我家門前的呢。」

母親舉起頭來，把眼略睜一睜；沒有出聲，又支著頤睡去。

過一會，孩子又搖她，說：「媽媽，『不要睡罷，看睡出病來了。』你且睜一睜眼看看外面八哥和牛打架呢。」

母親把眼略略睜開，輕輕打了孩子一下；沒有做聲，又支著頭睡去。

孩子鼓著腮，很不高興。但過一會，他又唱起來了。

「媽媽，聽我唱歌罷。」孩子對著她說了，又搖她幾下。

母親帶著不喜歡的樣子說：「你鬧什麼？我都見過，都聽過，都知道了；你不知道我很疲乏，不容我歇一下麼？」

孩子說：「我們是一起出來的，怎麼我還頂精神，你就疲乏起來？難道大人不如孩子麼？」

車還在深林平疇之間穿行著。車中的人，除那孩子和一二個旅客以外，少有不像他母親那麼鼾睡的。

處女的恐怖

深沉院落，靜到極地；雖然我的腳步走在細草之上，還能驚動那伏在綠叢裡的蜻蜓。我每次來到庭前，不是聽見投壺的音響，便是聞得四弦的顫動；今天，連窗上鐵馬的輕撞聲也沒有了！

我心裡想著這時候小坡必定在裡頭和人下圍棋；於是輕輕走著，也不聲張，就進入屋裡。出乎主人的意想，跑去站在他後頭，等他驀然發覺，豈不是很有趣？但我輕揭簾子進去時，並不見小坡，只見他的妹子伏在書案上假寐。我更不好聲張，還從原處躡出來。

走不遠，方才被驚的蜻蜓就用那碧玉琢成的一千隻眼瞧著我。一見我來，他又鼓起雲母的翅膀飛得颯颯做響。可是破岑寂的，還是屋裡大踏大步的聲音。我心知道小坡的妹子醒了，看見院時有客，緊緊要回避，所以不敢回頭觀望，讓她安然走入內衙。

「四爺，四爺，我們太爺請你進來坐。」我聽得是玉笙的聲音，回頭便說：「我已經進去了；太爺不在屋裡。」

「太爺隨即出來，請到屋裡一候。」她揭開簾子讓我進去。果然他的妹子不在了！ㄚ頭剛走到衙內院子的光景，便有一股柔和而帶笑的聲音送到我耳邊說：

「外面伺候的人一個也沒有；好在是西衙的四爺，若是生客，叫人怎樣進退？」

「來的無論生熟都是朋友，又怕什麼？」我認得這是玉笙回答她小姐的話。

「女子怎能不怕男人，敢獨自一人和他們應酬麼？」

「我又何嘗不是女子？你不怕，也就沒有什麼。」

我才知道她並不曾睡去，不過回避不及，裝成那樣的。我走近案邊，看見一把畫未成的紈扇擱在上頭。正要坐下，小坡便進來了。

「老四，失迎了。舍妹跑進去，才知道你來。」

「豈敢，豈敢。請原諒我的莽撞。」我拿起紈扇問道，「這是令妹寫的？」

「是。她方才就在這裡寫畫。筆法有什麼缺點，還求指教。」

「指教倒不敢；總之，這把扇是我撿得的，是沒有主的，我要帶他回去。」

我搖著扇子這樣說。

「這不是我的東西，不乾我事。我叫她出來與你當面交涉。」小坡笑著向簾子那邊叫，「九妹，老四要把你的扇子拿去了！」

他妹子從裡面出來；我忙趨前幾步——賠笑，行禮。我說：「請饒恕我方才的唐突。」她沒作聲，儘管笑著。我接著說：「令兄應許把這扇送給我了。」

小坡搶著說：「不！我只說你們可以直接交涉。」

她還是笑著，沒有作聲。

我說：「請九姑娘就案一揮，把這畫完成了，我好立刻帶走。」

但她仍不作聲。她哥哥不耐煩，促她說：「到底是允許人家是不允許，儘管說，害什麼怕？」妹子掃了他一眼，說：「人家就是這麼害怕。」她對我說：「這是不成東西的，若是要，我改天再奉上。」

我速速說：「夠了，我不要更好的了。你既然應許，就將這一把賜給我罷。」

於是她仍舊坐在案邊，用丹青來染那紈扇。我們都在一邊看她運筆。小坡笑著對妹子說：「現在可不怕人了。」

「當然。」她含笑對著哥哥。自這聲音發出以後，屋裡、庭外，都非常沉寂；窗前也沒有鐵馬的輕撞聲。所能聽見的只有畫筆在筆洗裡撥水的微響，和顏色在扇上的運行聲。

我想

我想什麼？

我心裡本有一條達到極樂園地的路，從前曾被那女人走過的；現在那人不在了，這條路不但是荒蕪，並且被野草、閒花、棘枝、繞藤佔據得找不出來了！

我許久就想著這條路，不單是開給她走的，她不在，我豈不能獨自來往？但是野草、閒花這樣美麗、香甜，我怎捨得把他們去掉呢？棘枝、繞藤又那樣橫逆、蔓延，我手裡又沒有器械，怎敢惹他們呢？我想獨自在那路上徘徊，總沒有實行的日子。

日子一久，我連那條路的方向也忘了。我只能日日跑到路口那個小池的岸邊靜坐，在那裡悵望，和沉思那草掩、藤封的道途。

狂風一吹，野花亂墜，池中錦魚道是好餌來了，爭著上來唼喋。我所想的，也浮在水面被魚喋入口裡；復幻成泡沫吐出來，仍舊浮回空中。

魚還是活活潑潑地游；路又不肯自己開了；我更不能把所想的撇在一邊。

呀！我定睛望著上下游泳的錦魚；我的回想也隨著上下游蕩。

呀，女人！你現在成為我「記憶的池」中的錦魚了。你有時浮上來，使我得以看見你；有時沉下去，使我費神猜想你是在某片落葉底下，或某塊沙石之間。

但是那條路的方向我早忘了，我只能每日坐在池邊，盼望你能從水底浮上來。

鄉曲的狂言

在城市住久了，每要害起村莊的相思病來。我喜歡到村莊去，不單是貪玩那不染塵垢的山水；並且愛和村裡的人攀談。我常想著到村裡聽莊稼人說兩句愚拙的話語，勝過在郡邑裡領受那些智者的高談大論。

這日，我們又跑到村裡拜訪耕田的隆哥。他是這小村的長者，自己耕著幾畝地，還藝一所菜園。他的生活倒是可以羨慕的。他知道我們不願意在他矮陋的茅茆〔屋〕裡，就讓我們到籬外的瓜棚底下坐坐。

橫空的長虹從前山的凹處吐出來，七色的影印在清潭的水面。我們正凝神看著，驀然聽得隆哥好像對著別人說：「衝那邊走罷，這裡有人。」

「我也是人，為何這裡就走不得？」我們轉過臉來，那人已站在我們跟前。那人一見我們，應行的禮，他也懂得。我們問過他的姓名，請他坐。隆哥看見這樣，也就不作聲了。

我們看他不像平常人；但他有什麼毛病，我們也無從說起。他對我們說：「自從我回來，村裡的人不曉得當我作個什麼。我想我並沒有壞意思，我也不打人，也不叫人吃虧，也不占人便宜，怎麼他們就這般地欺負我——連路也不許我走？」

我和同來的朋友問隆哥說：「他的職業是什麼？」隆哥還沒作聲，他便說：「我有事做，我是有職業的人。」說著，便從口袋裡掏出一本小摺子來，對我的朋友說：「我是做買賣的。我做了許久了，這本摺子裡所記的賬不曉得是人該我的，還是我該人的，我也記不清楚，請你給我看看。」他把摺子遞給我的朋友，我們一同看，原來是同治年間的廢折！我們忍不住大笑起來，隆哥也笑了。

隆哥怕他招笑話，想法子把他哄走。我們問起他的來歷，隆哥說他從少在天津做買賣，許久沒有消息，前幾天剛回來的。我們才知道他是村裡新回來的一個狂人。

隆哥說：「怎麼一個好好的人到城市裡就變成一個瘋子回來？我聽見人家說城裡有什麼瘋人院，是造就這種瘋子的。你們住在城裡，可知道有沒有這回事？」

我回答說：「笑話！瘋人院是人瘋了才到裡邊去；並不是把好好的人送到那裡教瘋了放出來的。」

「既然如此，為何他不到瘋人院裡住，反跑回來，到處騷擾？」

「那我可不知道了。」我回答時，我的朋友同時對他說：「我們也是瘋人，為何不到瘋人院裡住？」

隆哥很詫異地問：「什麼？」

我的朋友對我說：「我這話，你說對不對？認真說起來，我們何嘗不狂？要是方才那人才不狂呢。我們心裡想什麼，口又不敢說，手也不敢動，只會裝出一副臉孔；倒不如他想說什麼便說什麼，想做什麼就做什麼，那份誠實，是我們做不到的。我們若想起我們那些受拘束而顯出來的動作，比起他那真誠的自由行動，豈不是我們倒成了狂人？這樣看來，我們才瘋，他並不瘋。」

隆哥不耐煩地說：「今天我們都發狂了，說那個幹什麼？我們談別的罷。」

瓜棚底下閒談，不覺把印在水面長虹驚跑了。隆哥的兒子趕著一對白鵝向潭邊來。我的精神又貫注在那純淨的家禽身上。鵝見著水也就發狂了。他們互叫了兩聲，便拍著翅膀趨入水裡，把靜明的鏡面踏破。

生

我的生活好像一棵龍舌蘭，一葉一葉慢慢地長起來。某一片葉在一個時期曾被那美麗的昆蟲做過巢穴；某一片葉曾被小鳥們歇在上頭歌唱過。現在那些葉子都落掉了！只有瘢楞的痕跡留在幹上，人也忘了某葉某葉曾經顯過的樣子；那些葉子曾經歷過的事蹟唯有龍舌蘭自己可以記憶得來，可是他不能說給別人知道。

我的生活好像我手裡這管笛子。他在竹林裡長著的時候，許多好鳥歌唱給他聽；許多猛獸長嘯給他聽；甚至天中的風雨雷電都不時教給他發音的方法。

他長大了，一切教師所教的都納入他的記憶裡。然而他身中仍是空空洞洞，沒有什麼。

做樂器者把他截下，開幾個氣孔，擱在唇邊一吹。他從前學的都吐露出來了。

公理戰勝

那晚上要舉行戰勝紀念第一次的典禮，不曾嘗過戰苦的人們爭著要嘗一嘗戰後的甘味。式場前頭的人，未到七點鐘，早就擠滿了。

那邊一個聲音說：「你也來了！你可是為慶賀公理戰勝來的？」這邊隨著回答道：「我只來瞧熱鬧，管他公理戰勝不戰勝。」

在我耳邊恍惚有一個說話帶鄉下土腔的說：「一個洋皇上生日倒比什麼都熱鬧！」

我的朋友笑了。

我鄭重地對他說：「你聽這愚拙的話，倒很入理。」

「我也信——若說戰神是洋皇帝的話。」

人聲，樂聲，槍聲，和等等雜響混在一處，幾乎把我們的耳鼓震裂了。我的朋友說：「你看，那邊預備放煙花了，我們過去看看罷。」

我們遠遠站著，看那紅黃藍白諸色火花次第地冒上來。「這真好，這真好！」

許多人都是這樣頌揚。但這是不是頌揚公理戰勝？

旁邊有一個人說：「你這燦爛的煙花，何嘗不是地獄的火焰？若是真有個地獄，我想其中的火焰也是這般好看。」

我的朋友低聲對我說：「對呀，這煙花豈不是從紀念戰死的人而來的？戰死的苦我們沒有嘗到，由戰死而顯出來的地獄火焰我們倒看見了。」

我說：「所以我們今晚的來，不是要趁熱鬧，乃是要憑弔那班愚昧可憐的犧牲者。」

談論儘管談論，煙花還是一樣地放。我們的聲音常是淪沒在騰沸的人海裡。

面具

人面原不如那紙製的面具喲！你看那紅的，黑的，白的，青的，喜笑的，悲哀的，目眥怒得欲裂的面容，無論你怎樣褒獎，怎樣棄嫌，他們一點也不改變。紅的還是紅，白的還是白，目眥欲裂的還是目眥欲裂。

人面呢？顏色比那紙製的小玩意兒好而且活動，帶著生氣。可是你褒獎他的時候，他雖是很高興，臉上卻裝出很不願意的樣子；你指摘他的時候，他雖是懊惱，臉上偏要顯出勇於納言的顏色。

人面到底是靠不住呀！我們要學面具，但不要戴他，因為面具後頭應當讓他空著才好。

落花生

我們屋後有半畝隙地。母親說：「讓它荒蕪著怪可惜，既然你們那麼愛吃花生，就辟來作花生園罷。」我們幾姊弟和幾個小丫頭都很喜歡——買種的買種，動土的動土，灌園的灌園；過不了幾個月，居然收穫了！

媽媽說：「今晚我們可以做一個收穫節，也請你們爹爹來嘗嘗我們的新花生，如何？」我們都答應了。母親把花生做成好幾樣的食品，還吩咐這節期要在園裡的茅亭舉行。

那晚上的天色不大好，可是爹爹也到來，實在很難得！

爹爹說：「你們愛吃花生麼？」

我們都爭著答應：「愛！」

「誰能把花生的好處說出來？」

姊姊說：「花生的氣味很美。」

哥哥說：「花生可以製油。」

我說：「無論何等人都可以用賤價買他來吃；都喜歡吃他。這就是他的好處。」

爹爹說：「花生的用處固然很多；但有一樣是很可貴的。這小小的豆不像那好看的蘋果、桃子、石榴，把他們的果實懸在枝上，鮮紅嫩綠的顏色，令人一望而發生羨慕的心。他只把果子埋在地底，等到成熟，才容人把他挖出來。你們偶然看見一棵花生瑟縮地長在地上，不能立刻辨出他有沒有果實，非得等到你接觸他才能知道。」

我們都說：「是的。」母親也點點頭。爹爹接下去說：「所以你們要像花生，因為他是有用的，不是偉大、好看的東西。」我說：「那麼，人要做有用的人，不要做偉大、體面的人了。」爹爹說：「這是我對於你們的希望。」

我們談到夜闌才散，所有花生食品雖然沒有了，然而父親的話現在還印在我心版上。

別話

素輝病得很重，離她停息的時候不過是十二個時辰了。她丈夫坐在一邊，一手支頤，一手把著病人的手臂，寧靜而懇摯的眼光都注在他妻子的面上。

黃昏的微光一分一分地消失，幸而房裡都是白的東西，眼睛不至於失了他們的辨別力。屋裡的靜默，早已布滿了死的氣色；看護婦又不進來，她的腳步聲只在門外輕輕地蹀過去，好像告訴屋裡的人說：「生命的步履不望這裡來，離這裡漸次遠了。」

強烈的電光忽然從玻璃泡裡的金絲發出來。光的浪把那病人的眼瞼衝開。丈夫見她這樣，就回復他的希望，懇摯地說：「你——你醒過來了！」

素輝好像沒聽見這話，眼望著他，只說別的。她說：「嘜，珠兒的父親，在這時候，你為什麼不帶她來見見我？」

「明天帶她來。」

屋裡又沉默了許久。

「珠兒的父親哪，因為我身體軟弱、多病的緣故，叫你犧牲許多光陰來看顧我，還阻礙你許多比服侍我更要緊的事。我實在對你不起。我的身體實不容我……。」

「不要緊的，服侍你也是我應當做的事。」

她笑。但白的被窩中所顯出來的笑容並不是歡樂的標識。她說：「我很對不住你，因為我不曾為我們生下一個男兒。」

「哪裡的話！女孩子更好。我愛女的。」

淒涼中的喜悅把素輝身中預備要走的魂擁回來。她的精神似乎比前強些，一聽丈夫那麼說，就接著道：「女的本不足愛；你看許多人——連你——為女人惹下多少煩惱！……不過是——人要懂得怎樣愛女人，才能懂得怎樣愛智慧。不會愛或拒絕愛女人的，縱然他沒有煩惱，他是萬靈中最愚蠢的人。珠兒的父親，珠兒的父親哪，你佩服這話麼？」

這時，就是我們——旁邊的人——也不能為珠兒的父親想出一句答辭。

「我離開你以後，切不要因為我，就一輩子過那鰥夫的生活。你必要為我的緣故，依我方才的話愛別的女人。」她說到這裡把那隻幾乎動不得的右手舉起來，向枕邊摸索。

「你要什麼？我替你找。」

「戒指。」

丈夫把她的手扶下來，輕輕在她枕邊摸出一隻玉戒指來遞給她。

「珠兒的父親，這戒指雖不是我們訂婚用的，卻是你給我的；你可以存起來，以後再給珠兒的母親，表明我和她的連屬。除此以外，不要把我的東西給她，恐怕你要當她是我；不要把我們的舊話說給她聽，恐怕她要因你的話就生出差別心，說你愛死的婦人甚於愛生的妻子。」她把戒指輕輕地套在丈夫手的無名指上。丈夫隨著扶她的手與他的唇邊略一接觸。妻子對於這番厚意，只用微微睜開的眼睛看著他。除掉這樣的回報，她實在不能表現什麼。

丈夫說：「我應當為你做的事，都對你說過了。我再說一句。無論如何，我永久愛你。」

「咦，再過幾時，你就要把我的屍體扔在荒野中了！雖然我不常住在我的身體內，可是人一離開，再等到什麼時候，在什麼地方才能互通我們戀愛的消息呢？若說我們將要住在天堂的話，我想我也永無再遇見你的日子，因為我們的天堂不一樣。你所要住的，必不是我現在要去的。何況我還不配住在天堂？我雖不信你的神，我可信你所信的真理。縱然真理有能力，也不為我們這小小的緣故就永遠把我們結在一塊。珍重罷，不要愛我於離別之後。」

丈夫既不能說什麼話，屋裡只可讓死的靜寂佔有了。樓底下恍惚敲了七下自鳴鐘。他為尊重醫院的規則，就立起來，握著素輝的手說：「我的命，再見罷，七點鐘了。」

「你不要走，我還和你談話。」

「明天我早一點來，你累了，歇歇罷。」

「你總不聽我的話。」她把眼睛閉了，顯出很不願意的樣子。丈夫無奈，又停住片時，但她實在累了，只管躺著，也沒有什麼話說。

丈夫輕輕躡出去。一到樓口，那腳步又退後走，不肯下去。他又躡回來，悄悄到素輝床邊，見她顯著昏睡的形態，枯澀的淚點滴不下來，只掛在眼瞼之間。

愛流汐漲

月兒的步履已踏過嵇家的東牆了。孩子在院裡已等了許久，一看見上半弧的光剛射過牆頭，便忙忙跑到屋裡叫道：「爹爹，月兒上來了，出來給我燃香罷。」

屋裡坐著一個中年的男子，他的心負了無量的愁悶。外面的月亮雖然還像去年那麼圓滿，那麼光明，可是他對於月亮的情緒就大不如去年了。當孩子進來叫他的時候，他就起來，勉強回答說：「寶璜，今晚上不必拜月，我們到院裡對著月光吃些果品，回頭再出去看看別人的熱鬧。」

孩子一聽見要出去看熱鬧，更喜得了不得。他說：「為什麼今晚上不拈香呢？記得從前是媽媽點給我的。」

父親沒有回答他。但孩子的話很多，問得父親越發傷心了。他對著孩子不甚說話，只有向月不歇地嘆息。「爹爹今晚上不舒服麼？為何氣喘得那麼厲害？」

父親說：「是，我今晚上病了。你不是要出去看熱鬧麼？可以叫素雲姐帶你去，我不能去了。」

素雲是一個年長的丫頭。主人的心思、性地，她本十分明白，所以家裡無論大小事幾乎是她一人主持。她帶寶璜出門，到河邊看看船上和岸上各樣的燈色，便中就告訴孩子說：「你爹爹今晚不舒服了，我們得早一點回去才是。」

孩子說：「爹爹白天還好好的，為何晚上就害起病來？」

「唉，你記不得後天是媽媽的百日嗎？」

「什麼是媽媽的百日？」

「媽媽死掉，到後天是一百天的工夫。」

孩子實在不能理會那「一百日」的深密意思，素雲只得說：「夜深了，咱們回家去罷。」

素雲和孩子回來的時候，父親已經躺在床上，見他們回來，就說：「你們回來了。」她跑到床前回答說：「二舍，我們回來了。晚上大哥兒可以和我同睡，我招呼他，好不好？」

父親說：「不必。你還是睡你的罷。你把他安置好，就可以去歇息，這裡沒有什麼事。」

這個七歲的孩子就睡在離父親不遠的一張小床上。外頭的鼓樂聲，和樹梢的月影，把孩子嚇得不能睡覺。在睡眠的時候，父親本有命令，不許說話；所以孩子只得默聽著，不敢發出什麼聲音。

樂聲遠了，在近處的雜響中，最激刺孩子的，就是從父親那裡發出來的啜泣聲。在孩子的思想裡，大人是不會哭的。所以他很詫異地問：「爹爹，你怕黑麼？大貓要來咬你麼？你哭什麼？」他說著就要起來，因為他也怕大貓。

父親阻止他，說：「爹爹今晚上不舒服，沒有別的事。不許起來。」

「咦，爹爹明明哭了！我每哭的時候，爹爹說我的聲音像河裡水聲𣿬潲𣿬潲地響；現在爹爹的聲音也和那個一樣。呀，爹爹，別哭了。爹爹一哭，叫寶璸怎能睡覺呢？」

孩子越說越多，弄得父親的心緒更亂。他不能用什麼話來對付孩子，只說：「璸兒，我不是說過，在睡覺時不許說話麼？你再說時，爹爹就不疼你了。好好地睡罷。」

孩子只復說一句：「爹爹要哭，叫人怎樣睡得著呢？」以後他就靜默了。

這晚上的催眠歌，就是父親的抽噎聲。不久，孩子也因著這聲就發出微細的鼾息；屋裡只有些雜響伴著父親發出哀音。

我的童年

序言

每當茶餘飯後，或是在天棚納涼的時候，親愛的父親常常攬著我們講故事，說笑話，回想起來不盡的愉快。更想到我們有時彼此追逐為戲，媽媽當母雞，我們兄妹兩個當小雞，爸爸當老鷹，常常被爸爸捉住抱起來打屁股。間或我同小妹跳飛機、造房子玩，意見衝突的時候，爸爸總是跑過來做種種滑稽的跳法，引得大家大笑為止。我同爸爸著棋的時候也很多，爸爸幾時都是興趣濃厚，不以為是同小孩子玩而馬虎讓步，因此我常常輸棋，輸了再來，或是一笑結局。爸爸拍著我說：「小苓子，有器量。」我們的小朋友來了，爸爸得閒的時候，最喜歡領導著我們玩，記得祖父在時，曾說過：「地山就是一個孩子頭兒。」

爸爸幾時都是滿面春風，從不見他有不愉之色，尤其對於窮苦的人們，溫和備至。自抗戰以來，難民到我們家門口，或是到大學的中文學院找爸爸幫助的，絡繹不絕，爸爸總是盡力替他們設法，送錢，找事，或是送入救濟所。記得有一次，我們在中文學院門口等爸爸一同回家，看見他挽扶著一個衣裳襤褸的老者，從石階一步一步地下來，原來也是一個貧病求助的。事情並不稀奇，但是感動了我，指示了我應當怎樣做人。

爸爸每日極忙，早晨八點去大學，一點回家午膳，兩點再去，直到六點或七點才回家。在學校除教課及辦校務外，總看見他在讀書，寫卡片，預備寫書的材料。所以他寫小說一類的文章，是在清早四點到六點之間，寫一個段落又回到床上去睡，七點再起來。

爸爸為我們講他小時候的故事，很多有趣的。但是段段落落沒有連貫，我要求他把它寫出來。他說：「好，你們聽話，我有空閒的時候就寫。」哪知道寫不到兩三段，我那最可愛可敬的父親，竟棄我們而去。想他不見，叫他不應，他是永遠不回到我們身邊來了。但是他的形影精神，深刻在我們的腦裡，永世不會消滅的。

雲姊姊來安慰我們，她說小朋友們都紀念著爸爸，要我將爸爸所寫的〈童年〉交她刊在《新兒童》上，雖然是沒有完的文章，也可以聊慰紀念著爸爸的小朋友。

凡是爸爸從前向我們講過的，盡我的記憶所能，我要把它續寫在後面，使小朋友不至於太失望。爸爸有知，也許在含笑向著我們點頭。

岑仲泣書　一九四一年

延平郡王祠邊

小時候的事情是很值得自己回想的。父母的愛固然是一件永遠不能再得的寶貝，但自己的幼年的幻想與情緒也像靉靆的孤雲隨著旭日升起以後，飛到天頂，便漸次地消失了。現在所留的不過是強烈的後像，以相反的色調在心頭映射著。

出世後幾年間是無知的時期，所能記的只是從家長們聽得關於自己的零碎事情，雖然沒什麼趣味，卻不妨記記實。在西元一八九三年二月十四日，正當光緒十九年十二月二十八的上午丑時，我生於臺灣臺南府城延平郡王祠邊的窺園裡。這園是我祖父置的。出門不遠，有一座馬伏波祠，本地人稱為馬公廟，稱我們的家為馬公廟許厝。我的乳母求官是一個佃戶的妻子，她很小心地照顧我。據母親說，她老不肯放我下地，一直到我會在桌上走兩步的時候，她才驚訝地嚷出來：「醜官會走了！」叔醜是我的小名，因為我是丑時生的。母親姓吳，兄弟們都稱她叫「嫗」，是我們幾弟兄跟著大哥這樣叫的，鄉人稱母親為「阿姐」、「阿姨」、「乃娘」，卻沒有稱「嫗」的，家裡叔伯兄弟們稱呼他們的母親，也不是這樣，所以「嫗」是我們幾兄弟對母親所用的專名。

嫗生我的時候是三十多歲，她說我小的時候，皮膚白得像那剛蛻皮的小螳螂一般。這也許不是讚我，或者是由乳母不讓我出外晒太陽的緣故。老家的光景，我一點印象也沒有。在我還不到一周年的時候，中日戰爭便起來了。臺灣的割讓，迫著我全家在一八九六年　日離開鄉里。嫗在我幼年時常對我說當時出走的情形，我現在只記得幾件有點意思，一件是她要在安平上船以前，到關帝廟去求籤，問問臺灣要到幾時才歸中國。簽詩大意回答她的大意說，中國是像一株枯楊，要等到它的根上再發新芽的時候才有希望。深信著臺灣若不歸還中國，她定是不能再見到家門的。但她永遠不了解枯樹上發新枝是指什麼，這謎到她去世時還在猜著。她自逃出來以後就沒有回去過。第二件可紀念的事，是她在豬圈裡養了一隻「天公豬」，臨出門的時候，她到欄外去看它，流著淚對它說：「公豬，你沒有福分上天公壇了，再見吧。」那豬也像流著淚，用那斷藕般的鼻子嗅著她的手，低聲嗚嗚地叫著。臺灣的風俗男子生到十三四歲的年紀，家人必得為他抱一隻小公豬來養著，等到十六歲上元日，把它宰來祭上帝。所以管它叫「天公豬」，公豬由主婦親自豢養的，三四年之中，不能叫它生氣、吃驚、害病等。食料得用好的，絕不能把汙穢的東西給它吃，也不能放它出去遊蕩像平常的豬一般。更不能容它與母豬在一起。換句話，它是一隻預備做犧牲的聖畜。我們家那隻公豬是為大哥養的。他那年已過了十三歲。她每天親自養它，已經快到一年了。公豬看見她到欄外格外顯出親切的情誼。她說的話，也許它能理會幾分。我們到汕頭三個月以後，得著看家的來信，說那公豬自從她去後，就不大肯吃東西，漸漸地瘦了，不到半年公豬竟然死了。她到十年以後還在想念著它。她嘆息公豬沒福分上天公壇，大哥沒福分用一隻自豢的聖畜。故鄉的風俗男子生後三日剃胎髮，必在囟門上留一撮，名叫「囟鬃」。長了許剪不許剃，必得到了十六歲的上元日設壇散禮玉皇上帝及天宮，在神前剃下來。用紅線包起，放在香爐前和公豬一起供著，這是古代冠禮的遺意。

還有一件是嫗養的一隻絨毛雞。廣東叫做竹絲雞，很能下蛋。她打了一雙金耳環帶在它的碧色的小耳朵上。臨出門的時候，她叫看家好好地保護它。到了汕頭之後，又聽見家裡出來的人說，父親常騎的那匹馬被日本人牽去了。日本人把它上了鐵蹄。它受不了，不久也死了。父親沒與我們同走。他帶著國防兵在山裡，劉永福又要他去守安平。那時民主國的大勢已去，在臺南的劉永福，也沒有什麼辦法，只好預備走。但他又不許人多帶金銀，在城門口有他的兵搜查「走反」的人民。鄉人對於任何變化都叫作「反」。反朱一貴，反載萬生，反法蘭西，都曾大規模逃走到別處去。乙未年的「走日本反」恐怕是最大的「走」了。嫗說我們出城時也受過嚴密的檢查。因為走得太倉卒，現銀預備不出來。所帶的只有十幾條紋銀，那還是到大姑母的金鋪現兌的。全家人到城門口，已是擁擠得很。當日出城的有大伯父一支五口，四嬸一支四口，嫗和我們姊弟六口，還有楊表哥一家，和我們幾兄弟的乳母及家丁等七八口，一共二十多人。先坐牛車到南門外自己的田莊裡過一宿，第二天才出安平乘竹筏上輪船到汕頭去。嫗說我當時只穿著一套夏布衣服；家裡的人穿的都是夏天衣服，所以一到汕頭不久，很費了事為大家做衣服。我到現在還仿佛地記憶著我是被人抱著在街上走，看見滿街上人擁擠得很，這是我最初印在我腦子裡的經驗。自然當時不知道是什麼，依通常計算雖叫做三歲，其實只有十八個月左右。一切都是很模糊的。

我家原是從揭陽移居於臺灣的。因為年代遠久，族譜裡的世系對不上，一時不能歸宗。爹的行止還沒一定，所以暫時寄住在本家的祠堂裡。主人是許子榮先生與子明先生二位昆季，我們稱呼子榮為太公，子明為三爺。他們二位是爹的早年的盟兄弟。祠堂在桃都底的圍村，地方很宏敞。我們一家都住得很舒適。太公的二少爺是個秀才，我們稱他為杞南兄，大少爺在廣州經商，我們稱他做梅坡哥。祠堂的右邊是杞南兄住著，我們住在左邊的一段。媼與我們幾兄弟住在一間房。對面是四嬸和她的子女住。隔一個天井，是大伯父一家住。大哥與伯父的兒子們辛哥住伯父的對面房。當中各隔著一間廳。大伯的姨太清姨和遜姨住左廂房，楊表哥住外廂房，其餘乳母工人都在廳上打鋪睡。這樣算是在一個小小的地方安頓了一家子。

祠堂前頭有一條溪，溪邊有蔗園一大區，我們幾個小弟弟常常跑到園裡去捉迷藏；可是大人們怕裡頭有蛇，常常不許我們去。離蔗園不遠的地方還有一區果園，我還記得柚子樹很多。到開花的時候，一陣陣的清香叫人聞到覺得非常愉快；

這氣味好像現在還有留著。那也許是我第一次自覺在樹林裡遨遊。在花香與蜂鬧的樹下，在地上玩泥土，玩了大半天才被人叫回家去。

嫗是不喜歡我們到祠堂外去的，她不許我們到水邊玩，怕掉在水裡；不許到果園裡去，怕糟蹋人家的花果；又不許到蔗園去，怕被蛇咬了。離祠堂不遠通到村市的那道橋，非有人領著，是絕對不許去的，若犯了她的命令，除掉打一頓之外，就得受縮佛的刑罰。縮佛是從鄉人迎神賽會時把偶像縮結在神輿上以防傾倒的意義得來的，我與叔庚被縮的時候次數最多，幾乎沒有一天不「縮」整個下午。

上景山

無論哪一季，登景山最合宜的時間是在清早或下午三點以後。晴天，眼界可以望朦朧處；雨天，可以賞雨腳的長度和電光的迅射；雪天，可以令人咀嚼著無色界的滋味。

在萬春亭上坐著，定神看北上門後的馬路（從前路在門前，如今路在門後）盡是行人和車馬，路邊的梓樹都已掉了葉子。不錯，已經立冬了，今年天氣可有點怪，到現在還沒凍冰。多謝芰荷的業主把殘莖都去掉，叫我們能看見紫禁城外護城河的水光還在閃爍著。

神武門上是關閉得嚴嚴的。最討厭的是樓前那枝很長的旗杆，侮辱了全個建築的莊嚴，門樓兩旁樹它一對，不成嗎？禁城上時時有人在走著，恐怕都是外國的旅人。

皇宮一所一所排列著非常整齊。怎麼一個那麼不講紀律的民族，會建築這麼嚴整的宮廷？我對著一片黃瓦這樣想著。不，說不講紀律未免有點過火，我們可以說這民族是把舊的紀律忘掉，正在找一個新的咧。新的找不著，終究還要回來的。北京房子，皇宮也算在裡頭，主要的建築都是向南的，誰也沒有這樣強迫過建築者，說非這樣修不可。但紀律因為利益所在，在不言中被遵守了。夏天受著解慍的熏風，冬天接著可愛的暖日，只要守著蓋房子的法則，這利益是不用爭而自來的。所以我們要問在我們的政治社會裡有這樣的熏風和暖日嗎？

最初在崖壁上寫大字銘功的是強盜的老師，我眼睛看著神武門上的幾個大字，心裡想著李斯。皇帝也是強盜的一種，是個白癡強盜。他搶了天下把自己監禁在宮中，把一切寶物聚在身邊，以為他是富有天下。這樣一代過一代，到頭來還是被他的糊塗奴僕，或貪婪臣宰，討、瞞、偷、換，到連性命也不定保得住。這豈不是個白癡強盜？在白癡強盜底下才會產出大盜和小偷來。一個小偷，多少總要有一點跳女牆鑽狗洞的本領，有他的禁忌，有他的信仰和道德。大盜只會利用他的奴性去請攀緣，自讚讚他，禁忌固然沒有，道德更不必提。誰也不能不承認盜賊是寄生人類的一種，但最可殺的是那班為大盜之一的斯文賊。他們不像小偷為延命去營鼠雀的生活；也不像一般的大盜，憑著自己的勇敢去搶天下。所以明火打劫的強盜最恨的是斯文賊。這裡我又聯想到張獻忠。有一次他開科取士，檄諸州舉貢生員，後至者妻女充院，本犯剝皮，有司教官斬，連坐十家。諸生到時，他要他們在一丈見方的大黃旗上寫個帥字，字畫要像斗的粗大，還要一筆寫成。一個生員王志道縛草為筆，用大缸貯墨汁將草筆泡在缸裡，三天，再取出來寫，果然一筆寫成了。他以為可以討獻忠的喜歡，誰知獻忠說：「他日圖我必定是你。」立即把他殺來祭旗。獻忠對待念書人是多麼痛快。他知道他們是寄生的寄生。他的使命是來殺他們。

東城西城的天空中，時見一群一群旋飛的鴿子。除去打麻雀，逛窯子，上酒樓以外，這也是一種古典的娛樂。這種娛樂也來得群眾化一點。它能在空中發出和悅的響聲，翩翩地飛繞著，叫人覺得在一個灰白色的冷天，滿天亂飛亂叫的老鴰的討厭。然而在刮大風的時候，若是你有勇氣上景山的最高處，看看天安門樓屋脊上的鴉群，噪叫的聲音是聽不見，它們隨風飛揚，直像從什麼大樹飄下來的敗葉，淩亂得有意思。

萬春亭周圍被挖得東一溝，西一窟，據說是管宮的當局挖來試看煤山是不是個大煤堆，像歷來的傳說所傳的，我心裡暗笑信這說的人們。是不是因為北宋亡國的時候，都人在城被圍時，拆毀艮嶽的建築木材去充柴火，所以計畫建築北京的人預先堆起一大堆煤，萬一都城被圍的時，人民可以不拆宮殿。這是笨想頭。若是我來計畫，最好來一個米山。米在萬急的時候，也可以生吃，煤可無論如何吃不得。又有人說景山是太行的最終一峰。這也是瞎說。從西山往東幾十里平原，可怎麼不偏不頗在北京城當中出了一座景山？若說北京的建設就是對著景山的子午，為什麼不對北海的瓊島？我想景山明是開紫金城外的護河所積的土，瓊島也是累積從北海挖出來的土而成的。

從亭後的樹縫裡遠遠看見鼓樓。地安門前後的大街，人馬默默地走，城市的喧囂聲，一點也聽不見。鼓樓是不讓正陽門那樣雄壯地挺著。它的名字，改了又改，一會是明恥樓，一會又是齊政樓，現在大概又是明恥樓吧。明恥不難，雪恥得努力。只怕市民能明白那恥的還不多，想來是多麼可憐。記得前幾年「三民主義」、「帝國主義」這套名詞隨著北伐軍到北平的時候，市民看些篆字標語，好像都明白各人蒙著無上的恥辱，而這恥辱是由於帝國主義的壓迫。所以大家也隨聲附和唱著打倒和推翻。

從山上下來，崇禎殉國的地方仍然是那麼半死的槐樹。據說樹上原有一條鏈子鎖著，庚子聯軍入京以後就不見了，現在那枯槁的部分，還有一個大洞，當時的鏈痕還隱約可以看見。義和團運動的結果，從解放這棵樹發展到解放這民族。這是一件多麼可以發人深思的物件呢？山後的柏樹發出幽恬的香氣，好像是對於這地方的永遠供物。

壽皇殿鎖閉得嚴嚴的，因為誰也不願意努爾哈赤的種類再做白癡的夢。每年的祭祀不舉行了，莊嚴的神樂再也不能聽見，只有從鄉間進城來唱秧歌的孩子們，在牆外打的鑼鼓，有時還可以送到殿前。

到景山門，回頭仰望頂上方才所坐的地方，人都下來了。樹上幾隻很面熟卻不認得的鳥在叫著。亭裡殘破的古佛還坐在結那沒人能懂的手印。

先農壇

曾經一度繁華過的香廠，現在剩下些破爛不堪的房子，偶爾經過，只見大兵們在廣場上練國技。望南再走，排地攤的猶如往日，只是好東西越來越少，到處都看見外國來的空酒瓶，香水樽，胭脂盒，乃至簇新的東洋瓷器，估衣攤上的不入時的衣服，「一塊八」、「兩塊四」叫賣的夥計連翻帶地兜攬，買主沒有，看主卻是很多。

在一條凹凸得格別的馬路上走，不覺進了先農壇的地界。從前在壇裡唯一新建築，「四面鐘」，如今只剩一座空洞的高臺，四圍的柏樹早已變成富人們的棺材或家私了。東邊一座禮拜寺是新的。球場上還有人在那裡練習。綿羊三五群，遍地披著枯黃的草根。風稍微一動，塵土便隨著飛起，可惜顏色太壞，若是雪白或朱紅，豈不是很好的國貨化妝材料？

到壇北門，照例買票進去。古柏依舊，茶座全空。大兵們住在大殿裡，很好看的門窗，都被拆作柴火燒了。希望北平市遊覽區劃定以後，可以有一筆大款來修理。北平的舊建築，漸次少了，房主不斷地賣折貨。像最近的定王府，原是明朝胡大海的府邸，論起建築的年代足有五百多年。假若政府有心保存北平古物，絕不至於讓市民隨意拆毀。拆一間是少一間。現在壇裡，大兵拆起公有建築來了。愛國得先從愛惜公共的產業做起，得先從愛惜歷史的陳跡做起。

觀耕臺上坐著一男一女，正在密談，心情的熱真能抵禦環境的冷。桃樹柳樹都脫掉葉衣，做三冬的長眠，風搖鳥喚，都不聽見。雩壇邊的鹿，伶俐的眼睛瞭望著過路的人。遊客本來有三兩個，它們見了格外相親。在那麼空曠的園囿，本不必攔著它們，只要四圍開上七八尺深的溝，斜削溝的裡壁，使當中成一個圓丘，鹿放在當中，雖沒遮攔也跳不上來。這樣，園景必定優美得多。星雲壇比嶽瀆壇更破爛不堪。乾蒿敗艾，滿布在磚縫瓦罅之間，拂人衣裾，便發出一種清越的香味。老松在夕陽底下默然站著。人說它像盤旋的虬龍，我說它像開屏的孔雀，一顆一顆的松球，襯著暗綠的針葉，遠望著更像得很。松是中國人的理想性格，畫家沒有不喜歡畫它。孔子說它後凋還是屈了它，應當說它不凋才對。英國人對於橡樹的情感就和中國人對於松樹的一樣。中國人愛松並不盡是因為它長壽，乃是因它當飄風飛雪的時節能夠站得住，生機不斷，可發榮的時間一到，便又青綠起來。人對著松樹是不會失望的，它能給人一種興奮，雖然樹上留著許多枯枝丫，看來越發增加它的壯美。就是枯死，也不像別的樹木等閒地倒下來。千年百年是那麼立著，藤蘿纏它，薜荔粘它，都不怕，反而使它更優越更秀麗。古人說松籟好聽得像龍吟。龍吟我們沒有聽過，可是它所發出的逸韻，真能使人忘掉名利，動出塵的想頭。可是要記得這樣的聲音，絕不是一寸一尺的小松所能發出，非要經得百千年的磨煉，受過風霜或者吃過斧斤的虧，能夠立得定以後，是做不到的。所以當年壯的時候，應學松柏的抵抗力，忍耐力，和增進力；到年衰的時候，也不妨送出清越的籟。

對著松樹坐了半天，金黃色的霞光已經收了，不免離開雩壇直出大門。門外前幾年挖的戰壕，還沒填滿。羊群領著我向著歸路。道邊放著一擔菊花，賣花人站在一家門口與那淡妝的女郎講價，不提防擔裡的黃花叫羊吃了幾棵。那人索性將兩棵帶泥丸的菊花向羊群猛擲過去，口裡罵「你等死的羊孫子！」可也沒奈何。吃剩的花散布在道上，也叫車輪碾碎了。

憶盧溝橋

記得離北平以前，最後到盧溝橋，是在二十二年的春天。我與同事劉兆蕙先生在一個清早由廣安門順著大道步行，經過大井村，已是十點多鐘。參拜了義井庵的千手觀音，就在大悲閣外少憩。那菩薩像有三丈多高，是金銅鑄成的，體相還好，不過屋宇傾頹，香煙零落，也許是因為求願的人們發生了求財賠本求子喪妻的事情罷。這次的出遊本是為訪求另一尊銅佛而來的。我聽見從宛平城來的人告訴我那城附近有所古廟塌了，其中許多金銅佛像，年代都是很古的。為知識上的興趣，不得不去採訪一下。大井村的千手觀音是有著錄的，所以也順便去看看。

出大井村，在官道上，巍然立著一座牌坊，是乾隆四十年建的。坊東面額書「經環同軌」，四面是「蕩平歸極」。建坊的原意不得而知，將來能夠用來作凱旋門那就最合宜不過了。

春天的燕郊，若沒有大風，就很可以使人流連。樹幹上或土牆邊蝸牛在畫著銀色的涎路。它們慢慢移動，像不知道它們的小介殼以外還有什麼宇宙似的。柳塘邊的雛鴨披著淡黃色的毛，映著嫩綠的新葉；游泳時，微波隨蹼翻起，泛成一彎一彎動著的曲紋，這都是生趣的示現。走乏了，且在路邊的墓園少住一回。劉先生站在一座很美麗的堵波上，要我給他拍照。在榆樹蔭覆之下，我們沒感到路上太陽的酷烈。寂靜的墓園裡，雖沒有什麼名花，野卉倒也長得頂得意的。忙碌的蜜蜂，兩隻小腿粘著些少花粉，還在採集著。螞蟻為爭一條爛殘的蚱蜢腿，在枯藤的根本上爭鬥著。落網的小蝶，一片翅膀已失掉效用，還在掙扎著。這也是生趣的示現，不過意味有點不同罷了。

閒談著，已見日麗中天，前面宛平城也在域之內了。宛平城在盧溝橋北，建於明崇禎十年，名叫「拱北城」，周圍不及二里，只有兩個城門，北門是順治門，南門是永昌門。清改拱北為拱極，永昌門為威嚴門。南門外便是盧溝橋。拱北城本來不是縣城，前幾年因為北平改市，縣衙才移到那裡去，所以規模極其簡陋。從前它是個衛城，有武官常駐鎮守著，一直到現在，還是一個很重要的軍事地點。我們隨著駱駝隊進了順治門，在前面不遠，便見了永昌門。大街一條，兩邊多是荒地。我們到預定的地點去探訪，果見一個龐大的銅佛頭和些銅像殘體橫陳在縣立學校裡的地上。拱北城內原有觀音庵與興隆寺，興隆寺內還有許多已無可考的廣慈寺的遺物，那些銅像究竟是屬於哪寺的也無從知道。我們摩挲了一回，才到盧溝橋頭的一家飯店午膳。

自從宛平縣署移到拱北城，盧溝橋便成為縣城的繁要街市。橋北的商店民居很多，還保存著從前中原數省入京孔道的規模。橋上的碑亭雖然朽壞，還矗立著。自從歷年的內戰，盧溝橋更成為戎馬往來的要衝，加上長辛店戰役的印象，使附近的居民都知道近代戰爭的大概情形，連小孩也知道飛機、大炮、機關槍都是做什麼用的。到處牆上雖然有標語貼著的痕跡。而在色與量上可不能與賣藥的廣告相比。推開窗戶，看著永定河的濁水穿過疏林，向東南流去，想起陳高的詩：「盧溝橋西車馬多，山頭白日照清波。氈盧亦有江南婦，愁聽金人出塞歌。」清波不見，渾水成潮，是記述與事實的相差，抑昔日與今時的不同，就不得而知了。但想像當日橋下雅集亭的風景，以及金人所掠江南婦女，經過此地的情形，感慨便不能不觸發了。

從盧溝橋上經過的可悲可恨可歌可泣的事蹟，豈止被金人所掠的江南婦女那一件？可惜橋欄上蹲著的石獅子個個只會張牙咧眥結舌無言，以至許多可以稍留印跡的史實，若不隨蹄塵飛散，也叫輪輻壓碎了。我又想著天下最有功德的是橋梁。它把天然的阻隔連絡起來，它從這岸渡引人們到那岸。在橋上走過的是好是歹，於它本來無關，何況在上面走的不過是長途中的一小段，它哪能知道何者是可悲可恨可泣呢？它不必記歷史，反而是歷史記著它。盧溝橋本名廣利橋，是金大定二十七年始建，至明昌二年（西元一一八九至一一九二）修成的。它擁有世界的聲名是因為曾入馬哥博羅的記述。馬哥博羅記作「普利桑乾」，而歐洲人都稱它作「馬哥博羅橋」，倒失掉記者讚嘆桑乾河上一道大橋的原意了。中國人是善於修造石橋的，在建築上只有橋與塔可以保留得較為長久。中國的大石橋每能使人嘆為鬼役神工，盧溝橋的偉大與那有名的泉州洛陽橋和漳州虎渡橋有點不同。論工程，它沒有這兩道橋的宏偉，然而在史跡上，它是多次繫著民族安危。縱使你把橋拆掉，盧溝橋的神影是永不會被中國人忘記的。這個在「七七」事件發生以後，更使人覺得是如此。當時我只想著日軍許會從古北口入北平，由北平越過這道名橋侵入中原，絕想不到火頭就會在我那時所站的地方發出來。

在飯店裡，隨便吃些燒餅，就出來，在橋上張望。鐵路橋在遠處平行地架著。駝煤的駱駝隊隨著鈴鐺的音節整齊地在橋上邁步。小商人與農民在雕欄下做交易上很有禮貌的計較。婦女們在橋下浣衣，樂融融地交談。人們雖不理會國勢的嚴重，可是從軍隊裡宣傳員口裡也知道強敵已在門口。我們本不為做間諜去的，因為在橋上向路人多問了些話，便叫警官注意起來，我們也自好笑。我是為當事官吏的注意而高興，覺得他們時刻在提防著，警備著。過了橋，便望見實柘山，蒼翠的山色，指示著日斜多了幾度，在礫原上流連片時，暫覺晚風拂衣，若不回轉，就得住店了。「盧溝曉月」是有名的。為領略這美景，到店裡住一宿，本來也值得，不過我對於曉風殘月一類的景物素來不大喜愛。我愛月在黑夜裡所顯的光明。曉月只有垂死的光，想來是很淒涼的。還是回家罷。

我們不從原路去，就在拱北城外分道。劉先生沿著舊河床，向北回海甸去。我撿了幾塊石頭，向著八里莊那條路走。進到阜成門，望見北海的白塔已經成為一個剪影貼在灑銀的暗藍紙上。

螢燈

螢是一種小甲蟲。它的尾巴會發出青色的冷光，在夏夜的水邊閃爍著，很可以啟發人們的詩興。它的別名和種類在中國典籍裡很多，好像耀夜、景天、熠耀、丹良、丹鳥、夜光、照夜、宵燭、挾火、據火、炤燐、夜遊女子、蛢、炤等等都是。種類和名目雖然多，我們在說話時只叫它作螢就夠了。螢的發光是由於尾部薄皮底下有許多細胞被無數小氣管纏繞著。細胞裡頭含有一種可燃的物質，有些科學家懷疑它是一種油類，當空氣通過氣管的時候，因氧化作用便發出光耀。不過它的成分是什麼，和分泌的機關在哪裡，生物學家還沒有考察出來，只知道那光與燈光不同，因為後者會發熱，前者卻是冷的。我們對於這種螢光，希望將來可以利用它。螢的脾氣是不願意與日月爭光的。白天固然不發光，就是月明之夜，它也不大喜歡顯出它的本領。

自然的螢光在中國或外國都被利用過。墨西哥海岸的居民從前為防海賊的襲掠，夜間寧願用螢火也不敢點燈。美洲勞動人民在夜裡要通過森林，每每把許多螢蟲綁在腳趾上。古巴的婦人在夜會時，常愛用螢來做裝飾，或繫在衣服上，或做成花樣戴在頭上。我國晉朝的車胤，因為家貧，買不起燈油，也利用過螢光來讀書。古時好奇的人也曾做過一種口袋叫做聚螢囊，把許多螢蟲裝在囊中，當作玩賞用的燈。不但是人類，連小裁縫鳥也會逮捕螢蟲，用濕泥黏住它的翅膀安在巢裡，為的是叫那囊狀的垂巢在夜間有燈。至於撲螢來玩或做買賣的，到處都有。有些地方，像日本，還有螢蟲批發所，一到夏天就分發到都市去賣。隋煬帝有一次在景華宮，夜裡把好幾斛的螢蟲同時放出才去遊山，螢光照得滿山發出很美麗的幽光。

關於螢的故事很多。北美洲人的傳說中有些說太古時候有一個美少年住在森林裡，因為失戀便化成一隻大螢飛上天去，成為現在的北極星。我國從前都以為螢是腐草所變的。其實螢的幼蟲是住在水邊的，所以池塘的四周在夏夜裡常有螢火點綴著。岸邊的樹影加上點點的微光，我們想想，是多麼優美呢！

我們既經知道螢蟲那樣含有濃厚詩意，又是每年的夏夜在到處都可以看見的，現在讓我說一段關於螢的故事罷。

從前西方有一個康國，人民富庶，土地膏腴，因而時常被較貧乏的鄰國羝原侵略。康國在位的常喜王只有一個兒子，名叫難勝，很勇敢強健，容貌也非常的美，遠看著他站在殿上就像一根玉柱立著一樣。有一次，羝原人又來侵犯邊境，難勝太子便請求父王給他一支兵，由他領出都門去抵禦寇敵。常喜王因為愛他太甚，捨不得叫他上前敵，沒有應許他。無奈難勝時刻地申請，常喜王就給他一個難題，說：「若是你必要上前敵去的話，除非是不用油和蠟，也不用火把，能夠把那座燈檯點亮了才可以。這是要試驗你的智力，因為戰爭是不能單靠勇力的。」

難勝隨著父王所指的地方看去，只見大堂當中安著一座很大很大的燈檯，一丈多高，周圍滿布著小燈，各色各樣的玻璃罩子罩在各盞燈上，就是不點也覺得它很美麗。父王指著給他看過之後，便垂著頭到外殿去了。難勝走到燈檯跟前，細細地觀察它。原來那燈檯是純金打成的，臺柱滿鑲上各樣寶貝。因為受寶光的眩惑，使他不由得不用手去摩觸那上頭的各個寶飾。他觸到一顆紅寶的時候，忽然把柱上的一扇門打開了。這個使他很詫異，因為宮裡的好東西太多了，那座燈檯放在堂中從來也沒人注意過，沒人知道它的構造，甚至是在什麼時代傳下來的，連宮裡最老的太監都不知道。國王捨不得用它，怕把它弄髒了，所以只當做一種奇物陳設著。那臺柱的直徑有三尺左右，臺座能容一個人躺下還有很寬裕的空間。它支持著一千盞燈，想來是世間最大的燈檯。難勝踏進臺柱裡去，門一關，正好把自己藏在裡頭。他蹲下去，躺在臺座裡，仰望著各色的小圓光從各種寶石透射進來，真是好看。他又理會座上鋪著一層厚墊子，好像是預備給人睡的。他想這也許是宮裡的一個臨時避難所，外邊有什麼變故，國王盡可以避到這裡頭來。但是他父親好像不知道有這個地方，不然，怎麼一向沒聽見他說過，也沒人見他開過這扇門？他胡思亂想了一陣，幾乎忘了他父親所要求於他的事情。過了一會，他才想回來。立刻站起，開了門，從原處跳出來。他把門關好，繞著燈檯一面望，一面想著方才的問題。

幾天之後，戰爭的消息越發不利了。難勝卻還想不出一個不用油蠟等物而可以把那座燈檯點起來的方法。可是他心裡生出一個別的計畫。他想萬一敵人攻到都城附近，父王難免領兵出去迎戰，假如不幸城被攻破，宮裡的寶物一定會被掠奪盡的。他雖然能戰，爭奈一個兵也沒有，無論如何，是不成功；不如藏在燈檯裡頭，若是那東西被搬到羝原去，他便可以找機會出來報復。他想定了，便把乾糧、水，和一切應備的用具及心愛的寶貝、兵器，都預先藏在燈檯裡頭。

果然不出所料，強寇竟破了都城，常喜王也陣亡了。全城到處起火，號哭和屠殺的慘聲已送到宮裡。太子立刻叫他的學伴慧思自想方法逃避些時，他又告訴了他他的計策。難勝看見慧思走了，自己才從容地踏進燈檯去。不到一頓飯的工夫，敵兵已進入王宮，到處搜掠東西。一群兵士走到燈檯跟前，個個認定是金的，都爭著要動手擊毀，以為人人可以平分一份。幸而主帥來到，說：「這燈檯是要獻給大王的，不許毀壞。」大家才不敢動手。他叫十幾個兵士守著，當天把它搬上火車，載回本國去。

「好美的燈檯！」羝原國的王鳶眼看見元帥把戰利品排在寶座前的時候這麼說。他命人把它送到他最喜歡的玉華公主的寢室去。難勝躺在燈檯裡，聽見這話，暗中叫屈，因為他原來是希望被放在國王的寢宮裡，好乘機會殺了他的。但是他一聲也不敢響，安然地被放在公主的房裡。

公主進來，叫宮女們都來看這新受賜的寶燈，人人看了都讚美一番。有一個宮女說：「這燈檯來得正好，過兩個月，不是公主的生日嗎？我們可以把它點起來，請大王和王后來賞玩。」

「這得用多少油呢？」另一個宮女這樣問。她數著，忽然發覺了什麼似的，嚷起來：「你看！這燈檯是假的！」大家以為她有什麼發見，都注視著她。她卻說：「沒有油盞，怎樣點呢？」又一個說：「即使有油盞，一千盞燈，得多少人來點？」當下議論紛紛，毫無結果。玉華也被那上頭的寶光眩惑住，不去注意點它的方法。

夜深了，玉華睡在床上，宮女們也歇息去了。難勝輕輕地從燈檯跳出來，手裡拿著一把刀，慢慢踱到公主的床邊。在稀微的燈光底下，看見她躺著，直像對著一片被月光照耀的銀渚。她胸前的一高一低，直像沙頭的微浪在寒光底下蕩漾著。他看呆了，因為世間從來沒有比對著這樣一個美人更能動人心情的事。他沒想著那是仇人的女兒，反而發生了戀慕的情懷。他把刀放下，從身上取出一個小金盒，打開，在燈光底下用小刀輕輕地刻了幾個字：「送給最可愛的公主」。刻完之後，合回去，輕微地放在公主的枕邊。他不敢驚動公主，只守著她，到聽見掌燈火的宮女的腳步聲，才急忙地踏進燈檯去。

第二天早晨，公主醒來，摩著枕邊的小金盒，就非常驚異。可是她不敢聲張，心裡懷疑是什麼天神鬼怪之類。晚煙又上來了，公主回到寢室去。到第二天早晨，她在枕邊又得到一個很寶貴的戒指。這樣一連好些日子，什麼手鐲、足釧、耳環、臂纏種種女子喜歡的裝飾品都莫名其妙地從枕頭邊得著了，而且比她在大典大節時候所用的還要好得多。原來康國的風俗，男女的裝飾品沒有多大的分別，他所贈與的，都是他日常所用的。

公主倒好奇起來了，她立定主意要看看夜間那來送東西的人物。但是她常熟睡，候了好幾夜都沒看見。最後，她不告訴別人，自己用針把小指頭刺傷，為的是叫夜間因痛而睡不著。到夜靜之後，果然看見燈檯的中柱開了一扇門，從門裡跳出一個美男子來。她像往時一樣，睡在床上，兩眼卻微微地開著。那男子走近床邊，正要把一顆明珠放在她枕邊，她忽然坐起來，問：「你是誰？」

難勝看見她起來，也不驚惶，從容地回答說：「我是你的俘虜。」

「你是燈檯精吧？」

「我是人，是難勝太子。你呢？」

「我名叫玉華。」

公主也曾聽人說過難勝太子的才幹，一來心裡早已羨慕，二來要探探究竟，於是下床把燈弄亮了，請他坐下。彼此相對著，便互相暗讚彼此的美麗。從此以後，每夜兩人必聚談些時，才各自睡去。從此以後，公主也命人每日多備些好吃的東西，放在房裡。這樣日子久了，就惹起宮女們的疑惑，她們想著公主的食糧忽然增加起來，而且據她說都是要在夜間睡了一會才起來吃的。不但如此，洗衣服的宮女也理會到常洗著奇怪的衣服，不是公主平日所穿的。她們大家都以為公主近來有點奇怪，大家都願意輪流著伺察她在夜間的動靜。

自從玉華與難勝親熱之後，公主便不許任何人在她睡後到她的臥室裡，連掌燈的宮女也不叫進去。她也不要燈光了。她住的宮廷是靠著一個池塘，在月明之夜，兩人坐在窗邊，看月光印在水裡，玉簪和晚香玉的香氣不時掠襲過來，更幫助了他們相愛的情。在眾星歷落的時分，就有無數的螢火像拿著燈的一群小仙人在樹林中做閒逸的夜遊。他倆每常從窗戶跳出去，到水邊坐下談心。在幽靜的夜間，彼此相對著，使他們感到天地間的一切都是屬於他們的。

宮女們輪流偵察的結果，使宮中遍傳公主著了邪魔。有些說聽見公主在池邊和男子談話，有些說看見一個人影走近燈檯就不見了。但是公主一點也不知道大家的議論，她還是每夜與難勝相會，雖然所談的幾乎是一樣的話，可是在他們彼此聽來，就像唱著一闋百聽不厭的妙歌，雖然唱了再唱，聽過再聽，也不覺得是陳腐。

這事情叫王后知道了，她怕公主被盤問不好意思，只叫人把燈檯移到大堂中間。公主很不願意，但王后對她說：「你的生日快到了，留著那珍貴的燈檯不點做什麼？」

「兒不願意看見這燈檯被弄髒了，除非媽媽能免掉用油蠟一類的東西，使全座燈檯用過像沒用一樣，兒才願意咧。」玉華公主這個意思當然是從難勝得著的。難勝父王把難題交給他，公主又同調地把它交給母后。可是她的母親並不重視她的難題，只說：「要燈檯不髒還不容易嗎？難道我們沒有夜明珠？我到你父親的寶庫裡撿出一千顆出來放在燈盞上不就成了嗎？」她於是叫人到庫裡去要，可是真正的夜明珠是不容易得到，司寶庫的官吏就給王后出一個主意，叫她還是把工匠召來，做上一千盞燈，說明不許用油和蠟。工匠得了這個難題便到處請教人家，至終給他打聽出一個方法。

他聽見人說在北方很遠的地方有個山坑，恒常地發出一種氣體，那裡的人不點油，不用蠟，只用那種氣。他想這個很符合王后的要求，於是請求王后給他多些日子預備，把燈盞的大小量好，騎著千里馬到那地方去。他看見當地的人們用豬膀胱來盛那種氣體，便搜集了二千個，用好幾天的功夫把它們充滿了，才趕程回都城去。

在預備著燈盞的時候，玉華老守著那座燈。甚至晚上也鋪上一張行床在旁邊。王后不願意太拂她的意思，只令一個侍女在她身邊侍候。在侍女躺在床上的時候，她用一種安眠香輕輕地放在她鼻孔旁邊，這樣可以使她一覺睡到天明。玉華仍然可以和難勝在大堂的一個犄角的珠幔底下密談。

工匠回到都城，將每個豬膀胱都嵌在金球裡，每個金球的上端露出一根小小的氣管，遠看直像一顆金柳丁。管與球的連接處有個小掣可以擰動。那就是管制燈火大小的關鍵。好容易把一千個燈球做好了，把一千個豬膀胱裝進去，其餘一千個留著替換。

玉華的生日到了。王與后為她開了很大的宴會，當夜把燈檯上的一千盞燈點著了。果然一點油髒和煤炱都沒有，而且照得滿庭光亮無比。正在歌舞得高興的時候，臺柱裡忽然跳出一個人，嚇得貴賓們都各自躲藏起來。他們都以為是神怪出現。玉華也嚇愣了。原來難勝在燈檯裡受不了一千盞燈火的熱，迫得他要跳出來。國王的侍衛們沒等他走到王跟前就把他逮起來。王在那裡審問他，知道他是什麼人以後，就把他送到牢裡去。

玉華要上前去攔住，反被父王申斥了一頓，不由得大哭著往自己的寢室去了。自從那晚上起，玉華老躺在床上，像害很重的病，什麼都不進口。王后著急，鳶眼王也很心痛，因為他們只有這個愛女。王后勸王把難勝放出來與她結婚，鳶眼王為國仇的關係老不肯點頭。他一面叫把難勝刑罰得遍體受傷，把他監在城外一個暗洞；一面叫宣令官布告全國尋找名醫。這樣的病，不說全國，就是全世界也少有人能夠把它治好的。現在先要辦的事是用方法叫玉華吃東西，因為她的身體越來越荏弱了。御膳房所做的羹湯沒有一樣是她要吃的。王於是命令全國的人都試做一碗或一盆菜羹，如公主吃了那人所做的東西，他就得受很寶貴的獎品，而且可以自己挑選。

我們記得當日難勝太子當國破家亡的時候曾叫他的學伴自己逃生。這個學伴名叫慧思，也流落到羝原國的都城來。他是為著打聽難勝的下落來的，所以不敢有固定的職業，只是到處乞食，隨地打聽。宮裡的變故他已聽說過，所以他用盡方法去打聽難勝監禁的地方。他從一個獄卒那裡知道太子是被禁在城外一個暗洞裡，便到那裡去查勘。原來那是一個水洞，洞裡的水有七八尺深，從洞口泅水進去，許久還不到盡頭處，而且從來就沒有人敢這樣嘗試過。洞裡的黑暗簡直不能形容，曾有人用小筏持火把進去，但走不到百尺，火就被洞裡的風吹滅了。聽說洞裡那邊是通天上的，如有人走到底，他便會成仙，可是一向也沒有人成功過，甚至常見屍首漂流出來。很奇怪的是洞裡的水老向洞口流出，從沒見過水流進去。王叫人把難勝幽禁在暗洞的深處，那裡頭有一個浮礁，可容四五人，歷來犯重罪的人都被送到那上頭去。犯人一到裡頭只好等死，無論如何，不能逃生。

難勝在那洞裡經過三天，睜著眼，什麼都看不見，身上的傷痕因著冷氣漸漸不覺得痛苦，可是他是沒法逃脫的。離他躲的地方兩三尺，四圍都是水，所以他在那裡只後悔不該與仇人的女兒做朋友，以至仇沒報得，反被拘禁起來。

慧思知道太子在洞裡，可沒法拯救他。他想著唯有教玉華公主知道，好商量一個辦法。他立意找個機會與公主見面，可巧鳶眼王徵求調羹的命令發出來，於是他也預備一缽盂的菜湯送到王宮去。眾守衛看見他穿得那麼襤褸，用的是乞丐的缽盂，早就看不起他，比著劍要驅逐他。其中一個人說：「看你這樣賤相，配做菜給公主嘗嗎？一大幫的公子王孫用金盆、銀盞來盛東西，她還看不上眼哪。快走罷，一會大王出來大家都不方便。」

「好老爺，讓我把這點粗東西獻給公主罷。我知道公主需要這樣特異的風味。

若是她肯嘗，我必要將所得的一半報答你們。」

守衛的兵士商量了一會，便領他進宮裡去。宮女們都掩著嘴偷笑，或捏著鼻子走開。他可很莊嚴，直像領班的宰相在大街上走著一般。到公主的寢室門口，侍女要上前來接他手捧著的缽盂，他說：「我得親自獻給公主，不然，這湯的味道就會差了。」侍女不由得把他領到公主床邊。公主一睜眼看見是個乞丐，就很生氣說：「你是哪裡來的流氓，敢冒昧地到我這裡來？」

慧思說：「公主，請不要憑外貌來評定人，我這缽盂菜湯除掉難勝太子嘗過以外，誰也沒嘗過。公主請……」

他還沒說完，玉華已被太子的名字吸住了。她急問：「你認得難勝太子麼？你是誰？」

他把手上戴著的一個戒指向著公主說：「我是他的學伴。我手上戴的是他贈與我的。他有一對這樣的戒指，我們兩人分著戴。」

公主注視那戒指，果然和太子所給她的是一對東西。不由得坐起來，說：「好，你把湯端來我嘗嘗。」

她一面喝，一面問慧思與太子的關係。那時侍女們都站得遠遠的，他們說什

麼都聽不見，只看見公主起來喝著那乞丐的東西。有一個性急的宮女趕緊跑到王面前報告。王隨即到公主寢室裡來，

「你說！現在你想要求什麼呢？」王問。

「求大王賜給我那陳列在大庭中間的金燈檯。」

王一聽見要那金燈檯便注視著慧思，他問：「那燈檯於你有什麼用呢？看你的樣子，連房子都不會有一間的，那東西你拿去安排在哪裡？」

慧思心裡以為若要到黑洞裡去找難勝，非得用那座燈檯不可，因為它可以發出很大的光，而且每盞都有燈罩，不怕洞裡的風把它吹滅了。但是鳶眼盤問之後，知道他也是難勝的人，不由得大怒，立刻命令侍衛來把他拖下去，也幽禁在那暗洞裡。侍衛還沒到之前，宮女忽然來報宰相在外庭有要事要見他。王於是逕自出去了。

玉華叫慧思到她的床前，安慰他。在宮裡，無論如何他是不能逃脫的。他只告訴公主他要那座燈檯的意思。公主知道難勝被幽在洞裡，也就叫他先去和太子做伴，等她慢慢想方法把那座燈檯弄出宮外去。剛剛說了幾句話，侍衛們便來把慧思帶出去了。

慧思在路上受盡許多侮辱。他只低著頭任人恥笑，因自己有主意，一點也不發作，怒氣只隱藏在心裡，非要等到復國那一天，最好是先不要表示什麼。他們來到水邊，兩個獄卒把慧思放在筏上，慢慢地撐進洞裡。那兩人是進去慣了的，他們知道撐幾篙就可以到那浮礁。把慧思推上去之後，還從原筏泛出來。

慧思摩觸難勝，對他說：「我是慧思呀。」又告訴他怎樣從公主那裡來。難勝的創痕雖好了些，可是餓得動不得了，好在慧思臨出宮廷的時候，公主暗自把一些吃的掖在他懷裡。他就取出來，在黑暗中遞到太子的嘴裡。

洞裡是永遠的夜，他們兩個不說話的時候，除去滴水和流水的聲音以外，一點也聽不見什麼。他們不曉得經過多少時候，忽然看見遠遠有光射進來，不覺都坐在礁上觀望。等到那光越來越近，才聽見玉華喊叫難勝的聲音。她踏上浮礁，與難勝相見。這時滿洞都光亮得很，筏上的燈檯印在水面，光度更加上一倍。

玉華公主開始說她怎樣慫恿母后把燈檯交給金匠去熔化掉，然後叫一兩個親近的人去與那匠人說通了，用高價把它買回來，偷偷地運出城外去。有一個親信的宮女的家就在那洞口的水邊，就把那燈檯暫時藏在那裡。她的難題在要把燈檯送進洞裡去的時候就發生了。小小的筏子絕不能載得起那麼重的金燈檯，而且燈球當著洞口的風也點不著。公主私自在夜間離開宮廷，幫著點燈，在太陽沒出來以前又趕著回宮去。這樣做了好些晚上，可是燈點著了，筏子又載不起，至終把燈球的氣都點完了。到最後幾盞，在將滅未滅的時候，忽然樹林裡飛來一大群的螢火，有些不曉得怎樣飛進燈罩裡去，不能出來，在罩裡射出閃閃爍爍的光輝。這個，激發了公主的心思，她想為什麼不把螢火裝在一千盞燈裡頭呢？她既有了主意，幾個親信人立刻用紗縫了些網子到水邊各處去捕獲。不到兩晚上，已經裝滿了一千盞燈。公主一面又想著怎樣把燈檯安在小筏上面。最後她決定用那一千個金珠，連結起來，放在水面，然後把筏子壓在球上頭。這樣做法，使筏子的浮力增加了好些倍，燈檯於是被安置得上。一切都安排好了，公主和兩個親近的人就慢慢地撐進洞裡去。幸而水流還不很急，燈檯和人在筏子上也有相當的重量，所以進行得很順利。

洞裡現在是充滿了青光，一切都顯得更美麗。好冒險的難勝太子提議暫時不出洞外，可以試試逆溯到洞底。大家因為聽過傳說，若能達到洞底，就可以到另一個天地，就可以成仙，所以暫時都不從危險方面著想；而且人多膽壯，都同意溯流而進。慧思的力量是很大的，只有他一個人撐篙。那筏離開浮礁漸漸遠了。

一路上看見許多怪樣的石頭，有時筏上人物的影子射在洞壁上頭，顯得青一片，黑一片的。在走了好些水程之後，果然遠遠地看見前面一點微光好像北極星那麼大。筏子再進前，那光丸越顯得大了些。他們知道那是另外一個洞口，便鼓著勇氣，大家撐起來，不到兩個時辰，竟然出了洞口。原來這洞是一條暗河，難勝許久沒與強度的陽光接觸，不由得暈眩了一會。至終他認識所在的四圍好像是他從前曾在那裡打過獵的地方。他對慧思說：「這不是到了我們的國境嗎？這不就是龍潭嗎？你一定也認得這個地方。」慧思經過這樣提醒，也就認得是本國的邊境的龍潭，一向沒有人理會，那潭水還通著一條暗河。他說：「可不是？我們可以立刻回到宮裡去。」

康國自從常喜王陣亡了之後，就沒人敢承繼，因為大家都很尊敬難勝，知道他有一天終會回來，所以國政是由幾個老臣攝行。鳶眼王的軍隊侵略進來之後，大隊不久也自退出去了，只留下些小隊伍守著都城。太子同慧思到村落裡找村長。村長認得是小主，喜歡得很，立刻騎上馬到都城去，告訴那班老臣，幾個老臣趕到村裡來迎接他們，相見之下，悲喜交集。太子問了些國家大事，都說兵精糧足，可以報仇了，現在散布在都城外的各地，所等待的只是一位領兵的元帥。現在太子回來，什麼都具備了。

慧思勸太子不要用兵，說：「對於鄰國是要和睦的。我們既有了精強的兵力，本來可以復仇，但是這不會太傷玉華公主的心嗎？不如把軍隊從剛才來的那個水洞送到那邊去，再分一隊把都城的敵兵圍起來，若不投降便殲滅他們。我單人去見國王，要他與我們訂盟，彼此不相侵略，從前的損失要他償還；他若不答應我們再開仗也不遲。他們一定不會防到我們的兵會從那水洞泛出來的。勝算操在我們手裡，我們為什麼要多殺人呢？」

這話把與會的文武官員都說服了。難勝即日登了王位，老臣們分頭調動軍隊，預備竹筏，又派慧思為使者騎著快馬到羝原國去。

鳶眼王看見當日的乞丐忽然以使者的身分現在他座前，不由得生氣，命人再把他送到黑洞裡去。慧思心裡只好笑，臨行的時候對他說：「大王不要太驕傲，我們的兵不久就會到你的城下來。」

兵士把他送進暗洞裡像往時一樣。但一到浮礁，早有難勝的哨兵站在那裡。他們把送慧思來的兵士綁起來，一面用螢火的光做信號報告到帥府。不到三個時辰，大兵已進到水洞。個個兵士頭上都頂著一盞螢燈，竹筏連結起來，簡直成為一條很長的浮橋。暗洞裡又充滿了青光，在水面像淩亂的星星浮泛著。

大隊出了洞口，立刻進到都城。鴦眼王真是驚訝難勝進兵的神速，卻還不知道兵是從哪裡來的。他恐慌了。群眾都勸他和平解決，於是派遣了最信任的宰相來到難勝軍帳中與他議和。難勝只要求償還歷次侵略的損失，和將玉華許配給他。這條件很順利地被接納了。他們把玉華公主送回國去，擇個吉日迎娶過來。

從此以後，那黑暗的水洞變成賞螢火的名勝，因為兩國人民從此和好，個個都憶起那條水和水邊的螢蟲，都喜歡到那裡去遊玩。

難勝把那座金燈檯仍然安置在宮廷中間。那是它永久的地方。它這回出國帶著光榮回來，使人人尊仰。所以每到夏夜，難勝王必要命人把螢火裝在一千個燈罩裡，為的是紀念他和玉華王后的舊事。

桃金娘

桃金娘是一種常綠灌木，粵、閩山野很多，葉對生，夏天開淡紅色的花，很好看的。花後結圓形像石榴的紫色果實。有一個別名廣東土話叫做「岡拈子」，夏秋之間結子像小石榴，色碧絳，汁紫，味甘，牧童常摘來吃，市上卻很少見。還有常見的蒲桃，及連霧（土名番鬼蒲桃），也是桃金娘科的植物。

一個人沒有了母親是多麼可悲呢！我們常看見幼年的孤兒所遇到的不幸，心裡就會覺得在母親的庇蔭底下是很大的一份福氣。我現在要講從前一個孤女怎樣應付她的命運的故事。

在福建南部，古時都是所謂「洞蠻」住著的。他們的村落是依著山洞建築起來，最著名的有十八個洞。酋長就住在洞裡，稱為洞主。其餘的人們搭茅屋圍著洞口，儼然是聚族而居的小民族。十八洞之外有一個叫做仙桃洞，出的好蜜桃，民眾都以種桃為業，拿桃實和別洞的人們交易，生活倒是很順利的。洞民中間有一家，男子都不在了，只剩下一個姑母同一個小女兒金娘。她生下來不到兩個月，父母在桃林裡被雷劈死了。迷信的洞民以為這是他們二人犯了什麼天條，連他們的遺孤也被看為不祥的人。所以金娘在社會裡是沒有敢與她來往的。雖然她長得絕世的美麗，村裡的大歌舞會她總不敢參加，怕人家嫌惡她。

她有她自己的生活，她也不怨恨人家，每天幫著姑母做些紡績之外，有工夫就到山上去找好看的昆蟲和花草。有時人看見她戴得滿頭花，便笑她是個瘋女子。但她也不在意。她把花草和昆蟲帶回茅寮裡，並不是為玩，乃是要辨認各樣的形狀和顏色，好照樣在布匹上織上花紋。她是一個多麼聰明的女子呢！姑母本來也是很厭惡她的，從小就罵她，打她，說她不曉得是什麼妖精下凡，把父母的命都送掉。但自金娘長大之後，會到山上去採取織紋的樣本，使她家的出品受洞人們的喜歡，大家拿很貴重的東西來互相交易，她對侄女的態度變好了些，不過打罵還是不時會有的。

因為金娘家所織的布花樣都是日新月異的，許多人不知不覺地就忘了她是他們認為不祥的女兒，在山上常聽見男子的歌聲，唱出底下的辭句：

你去愛銀姑，
我卻愛金娘。
銀姑歌舞雖漂亮，
不如金娘衣服好花樣。
歌舞有時歇。
花樣永在衣裳上。
你去愛銀姑，
我來愛金娘，
我要金娘給我做的好衣裳。

銀姑是誰？說來是很有勢力的。她是洞主的女兒，誰與她結婚，誰就是未來的洞主。所以銀姑在社會裡，誰都得巴結她。因為洞主的女兒用不著十分勞動，天天把光陰消磨在歌舞上，難怪她舞得比誰都好。她可以用歌舞叫很悲傷的人快樂起來，但是那種快樂是不恒久的，歌舞一歇，悲傷又走回來了。銀姑只聽見人家讚她的話，現在來了一個藝術的敵人，不由得嫉妒心發作起來，在洞主面前說金娘是個狐媚子，專用顏色來蠱惑男人。洞主果然把金娘的姑母叫來，問她怎樣織成蠱惑男人的布匹，她一定是使上巫術在所織的布上了。必要老姑母立刻把金娘趕走，若是不依，連她也得走。姑母不忍心把這消息告訴金娘，但她已經知道她的意思了。

她說：「姑媽，你別瞞我，洞主不要我在這裡，是不是？」

姑母沒作聲，只看著她還沒織成的一匹布滴淚。

「姑媽，你別傷心，我知道我可以到一個地方去。你照樣可以織好看的布。你知道我不會用巫術，我只用我的手藝。你如要看我的時候，可以到那山上向著這種花叫我，我就會來與你相見的。」金娘說著，從頭上摘下一枝淡紅色的花遞給她的姑母，又指點了那山的方向，什麼都不帶就望外走。

「金娘，你要到哪裡去，也得告訴我一個方向，我可以找你去。」姑母追出來這樣對她說。

「我已經告訴你了。你到那山上，見有這樣花的地方，只要你一叫金娘，我就會到你面前來。」她說著，很快地就向樹林裡消逝了。

原來金娘很熟悉山間的地理，她知道在很多淡紅花的所在有許多野果可以充饑。在那裡，她早已發現了一個僅可容人的小洞，洞裡的墊褥都是她自己手織的頂美的花布。她常在那裡歇息，可是一向沒人知道。

村裡的人過了好幾天才發見金娘不見了，他們打聽出來是因為一首歌激怒了銀姑，就把金娘攆了。於是大家又唱起來：

誰都恨銀姑，
誰都愛金娘。
銀姑雖然會撒謊，
不能塗掉金娘的花樣。
撒謊塗汙了自己，
花紋還留衣裳上。
誰都恨銀姑，
誰都想金娘，
金娘回來，給我再做好衣裳。

銀姑聽了滿山的歌聲都是怨她的辭句，可是金娘已不在面前，也發作不了。那裡的風俗是不能禁止人唱歌的。唱歌是民意的表示。洞主也很詫異為什麼群眾喜歡金娘。有一天，他召集族中的長老來問金娘的好處。長老們都說她是一個頂聰明勤勞的女子，人品也好，所差的就是她是被雷劈的人的女兒；村裡有一個這樣的人，是會起紛爭的。看現在誰都愛她，將來難保大家不為她爭鬥，所以把她攆走也是一個辦法。洞主這才放了心。

天不作美，一連有好幾十天的大風雨，天天有雷聲繞著桃林。這叫村裡人個個擔憂，因為桃子是他們唯一的資源。假如桃樹叫風拔掉或叫水沖掉，全村的人是要餓死的。但是村人不去防衛桃樹，卻忙著把金娘所織的衣服藏在安全的地方。洞主問他們為什麼看金娘所織的衣服比桃樹重。他們就唱說：

桃樹死掉成枯枝，
金娘織造世所稀。
桃樹年年都能種，
金娘去向無人知。

洞主想著這些人們那麼喜歡金娘，必得要把他們的態度改變過來才好。於是他就和他的女兒銀姑商量，說：「你有方法讓人們再喜歡你麼？」

銀姑唯一的本領就是歌舞，但在大雨滂沱的時候，任她的歌聲嘹亮也敵不過雷音泉響，任她的舞態輕盈，也踏不了泥淖礫場。她想了一個主意，走到金娘的姑母家，問她金娘的住處。

「我不知道她住在哪裡，可是我可以見著她。」姑母這樣說。

「你怎樣能見著她呢？你可以叫她回來麼？」

「為什麼又要她回來呢？」姑母問。

「我近來也想學織布，想同她學習學習。」

姑母聽見銀姑的話就很喜歡地說：「我就去找她。」說著披起蓑衣就出門。銀姑要跟著她去，但她阻止她說：「你不能跟我去，因為她除我以外，不肯見別人。若是有人同我去，她就不出來了。」

銀姑只好由她自己去了。她到山上，搖著那紅花，叫：「金娘，你在哪裡？姑媽來了。」

金娘果然從小林中踏出來。姑母告訴她銀姑怎樣要跟她學織紋。她說，「你教她就成了。我也沒有別的巧妙，只留神草樹的花葉，禽獸的羽毛，和到山裡找尋染色的材料而已。」

姑母說：「自從你不在家，我的染料也用完了。怎樣染也染不出你所染的顏色來。你還是回家把村裡的個個女孩子都教會了你的手藝罷。」

「洞主怎樣呢？」

「洞主的女兒來找我，我想不至於難為我們罷。」

金娘說：「最好是叫銀姑在這山下搭一所機房，她如誠心求教，就到那裡去，我可以把一切的經驗都告訴她。」

姑母回來，把金娘的話對銀姑說。銀姑就去求洞主派人到山下去搭棚。眾人一聽見是為銀姑搭的，以為是為她的歌舞，都不肯去做。這叫銀姑更嫉妒。她當著眾人說：「這是為金娘搭的。她要回來把全洞的女孩子都教會了織造好看的花紋。你們若不信，可以問問她的姑母去。」

大家一聽金娘要回來，好像吃了什麼興奮藥，都爭前恐後地搭竹架子，把各家存著的茅草搬出來。不到兩天工夫，在陰晴不定的氣候中把機房蓋好了。一時全村的女兒都齊集在棚裡，把織機都搬到那裡去，等著金娘回來教導她們。

金娘在眾人企望的熱情中出現了，她披著一件帶寶光的蓑衣，戴的一頂籜笠，是她在小洞裡自己用細樹皮和竹籜交織成的。眾男子站在道旁爭著唱歡迎她的歌：

大雨淋不著金娘的頭；
大風飄不起金娘的衣。
風絲雨絲，
金娘也能按它上織機；
她是織神的老師。

金娘帶著笑容向眾男子行禮問好，隨即走進機房與眾婦女見面。一時在她指導底下，大家都工作起來。這樣經過三四天，全村的男子個個都企望可以與她攀談，有些提議晚間就在棚裡開大宴會。因為她回來，大家都高興了。又因露天地方雨水把土地淹得又濕又滑，所以要在棚裡舉行。

銀姑更是不喜歡，因為連歌舞的後座也要被金娘奪去了。那晚上可巧天晴了，大家格外興奮，無論男女都預備參加那盛會。每人以穿著一件金娘所織的衣服為榮；最低限度也得搭上一條她所織的汗巾，在燈光底下更顯得五光十色。金娘自己呢，她只披了一條很薄的輕紗，近看是像沒穿衣服，遠見卻像一個人在一根水晶柱子裡藏著，只露出她的頭——一個可愛的面龐向各人微笑。銀姑呢，她把洞主所有的珠寶都穿戴起來，只有她不穿金娘所織的衣裳。但與金娘一比，簡直就像天仙與獨眼老獮猴站在一起。大家又把讚美金娘的歌唱起來，銀姑覺得很窘。本來她叫金娘回來就是不懷好意的，現在怒火與妒火一齊燃燒起來，趁著人不覺得的時候，把茅棚點著了，自己還走到棚外等著大變故的發生。

一會火焰的舌伸出棚頂，棚裡的人們個個爭著逃命。銀姑看見那狼狽情形一點也沒有惻隱之心，還在一邊笑，指著這個說：「嚇嚇！你的寶貴的衣服燒焦了！」對著那個說：「喂，你的金娘所織的衣服也是禁不起火的！」諸如此類的話，她不曉得說了多少。金娘可在火棚裡幫著救護被困的人們，在火光底下更顯出她為人服務的好精神。忽然嘩啦一聲，全個棚頂都塌下來了。裡面只聽見嚷救的聲音。正在燒得猛烈的時候，大雨忽然降下，把火淋滅了。可是四周都是漆黑，火把也點不著，水在地上流著，像一片湖沼似的。

第二天早晨，逃出來的人們再回到火場去，要再做救人的工作，但仔細一看，場裡的死屍堆積很多，幾乎全是村裡的少女。因為發現火頭起來的時候，個個都到織機那裡，要搶救她們所織的花紋布。這一來可把全洞的女子燒死了一大半。幾乎個個當嫁的處女都不能倖免。

事定之後，他們發見銀姑也不見了。大家想著大概是水流衝激的時候，她隨著流水沉沒了。可是金娘也不見了！這個使大家很著急，有些不由得流出眼淚來。

雨還是下個不止，山洪越來越大，桃樹被沖下來的很多，但大家還是一意找金娘。忽然霹靂一聲，把洞主所住的洞也給劈開了。一時全村都亂著各逃性命。

過了些日子天漸晴回來，四圍恢復了常態，只是洞主不見。他是給雷劈死的。一時大家找不著銀姑，所以沒有一個人有資格承繼洞主的地位。於是大家又想起金娘來，說：「金娘那麼聰明，一定不會死的。不如再去找找她的姑母，看看有什麼方法。」

姑母果然又到山上去，向著那小紅花嚷說：「金娘，金娘，你回來呀。大家要你回來，你為什麼不回來呢？」

隨著這聲音，金娘又面帶笑容，站在花叢裡，說：「姑媽，要我回去幹什麼？所有的處女都沒有了，我還能教誰呢？」

「不，是所有的處男要你，你去安慰他們罷。」

金娘於是又隨著姑母回到茅寮裡。所有的未婚男子都聚攏來問候她，說：「我們要金娘做洞主。金娘教我們大家紡織，我們一樣地可以紡織。」

金娘說：「好，你們如果要我做洞主，你們用什麼來擁護我呢？」

「我們用我們的工作來擁護你，把你的聰明傳播各洞去。叫人家覺得我們的布匹比桃實好得多。」

金娘於是承受眾人的擁戴做起洞主來。她又教大家怎樣把桃樹種得格外肥美。在村裡，種植不忙的時候，時常有很快樂的宴會。男男女女都能採集染料，和織造好看的布匹。一直做到她年紀很大的時候，把所有織布、染布的手藝都傳給眾人。最後，她對眾人說：「我不願意把我的遺體現在眾人面前叫大家傷心。我去了之後，你們當中，誰最有本領、最有為大家謀安全的功績的，誰就當洞主。如果你們想念我，我去了之後，你們看見這樣的小紅花就會記起我來。」說著她就自己上山去了。

因為那洞本來出桃子，所以外洞的人都稱呼那裡的眾人為「桃族」。那仙桃洞從此以後就以織紋著名，尤其是織著小紅花的布，大家都喜歡要，都管它叫做「桃金娘布」。

自從她的姑母去世之後，山洞的方向就沒人知道。全洞的人只知道那山是金娘往時常到的，都當那山為聖山，每到小紅花盛開時候，就都上山去，冥想著金娘。所以那花以後就叫做「桃金娘」了。

對於金娘的記憶很久很久還延續著，當我們最初移民時，還常聽到洞人唱的：

桃樹死掉成枯枝，
金娘織造世所稀。
桃樹年年都能種，
金娘去向無人知。

無法投遞之郵件

給誦幼

▲不能投遞之原因——位址不明，退發信人寫明再遞。

誦幼，我許久沒見你了。我近來患失眠症。夢魂呢，又常困在軀殼裡飛不到你身邊，心急得很。但世間事本無容人著急的餘地，越著急越不能到，我只得聽其自然罷了。你總不來我這裡，也許你怪我那天藏起來，沒有出來幫你忙的緣故。呀，誦幼，若你因那事怪了我，可就冤枉極了！我在那時，全身已拋在煩惱的海中，自救尚且不暇，何能顧你？今天接定慧的信，說你已經被釋放了，我實在歡喜得很！呀，誦幼，此後須要小心和男子相往來。你們女子常說「男子壞的很多」，這話誠然不錯。但我以為男子的壞，並非他生來就是如此的，是跟女子學來的。誦幼，我說這話，請你不要怪我。你的事且不提，我拿文錦的事來說罷。他對於尚素本來是很誠實的，但尚素要將她和文錦的交情變為更親密的交情，故不得不胡亂獻些殷勤。呀，女人的殷勤，就是使男子變壞的砒石喲！我並不是說女子對於男子要很森嚴、冷酷，像懷霄待人一樣；不過說沒有智慧的殷勤是危險的罷了。

我盼望你今後的景況像湖心的白鵠一樣。

給貞蕤

▲不能投遞之原因——此人已離廣州。

自走馬營一別，至今未得你的消息，知道你的生活和行腳僧一樣，所以沒有破旅愁的書信給你念。昨天從杭香處聽見你的近況，且知道你現在住在這裡，不由得我不寫這幾句話給你。

我的朋友，你想北極的冰樣上能夠長出花菖蒲，或開得像尼羅河邊的王蓮來麼？我勸你就回家去罷。放著你清涼而恬淡的生活不享，飄零著找那不知心的「知心人」，為何自找這等刑罰？縱說是你當時得罪了他，要找著他向他謝罪，可是罪過你已認了，那溫潤不撓、如玉一般的情好豈能彌補得毫無瑕疵？

我的朋友，我常想著我曾用過一管筆，有一天無意中把筆尖誤燒了（因為我要學篆書，聽人說燒尖了好寫），就不能再用它。但我很愛那筆，用盡許多法子，也補救不來；就是拿去找筆匠，也不能出什麼主意，只是叫我再換過一管罷了。我對於那天天接觸的小寶貝，雖捨不得扔掉，也不能不把它藏在筆囊裡。人情雖不能像這樣換法，然而，我們若在不能換之中，姑且當作能換，也就安慰多了。你有心犧牲你的命運，他卻無意成就你的願望。你又何必！我勸你早一點回去罷，看你年少的容貌或逃鏡影中，在你背後的黑影快要闖入你的身裡，把你青春一切活潑的風度趕走，把你光豔的軀殼奪去了。

我再三叮嚀你，不知心的「知心人」縱然找著，只是加增懊惱毫無用處的。

給小巒

▲不能投遞之原因——此人已入瘋人院。

綠綺湖邊的夜談，是我們所不能忘掉的。但是，小巒，我要告訴你，迷生絕不能和我一樣，常常惦念著你，因為他的心多用在那戀愛的遺骸上頭。你不是叫我探究他的意思嗎？我昨天一早到他那裡去，在一件事情上，使我理會他還是一個愛的墳墓的守護者。若是你願意聽這段故事，我就可以告訴你。

我一進門時，他垂著頭好像很悲傷的樣子，便問：「迷生，你又想什麼來？」他嘆了一聲才說：「她織給我的領帶壞了！我身邊再也沒有她的遺物了！人丟了，她的東西也要陸續地跟著她走，真是難解！」我說：「是的，太陽也有破壞的日子，何況一件小小東西，你不許它壞，成麼？」

「為什麼不成！若是我不用它，就可以保全它，然而我怎能不用？我一用她給我留下的器用，就借那些東西要和她交通，且要得著無量安慰。」他低垂的視線牽著手裡的舊領帶，接著說：「唉，現在她的手澤都完了！」

小巒，你想他這樣還能把你惦記在心裡麼？你太輕於自信了。我不是使你失望，我很了解他，也了解你；你們固然是親戚，但我要提醒除你疏淡的友誼外，不要多走一步。因為，凡最終的地方，都是在對岸那很高、很遠、很暗、且不能用平常的舟車達到的。你和迷生的事，據我現在的觀察，縱使蜘蛛的絲能夠織成帆，蜣螂的甲能夠裝成船，也不能渡你過第一步要過的心意的洋。你不要再發癡了，還是回向蓮臺，拜你那低頭不語的偶像好。你常說我給麻醉劑你服，不錯的！若是我給一毫一厘的興奮劑你服，恐怕你要起不來了。

答勞雲

▲不能投遞的原因——勞雲已投金光明寺，在嶺上，不能遞。

中夜起來，月還在座，渴鼠躡上桌子偷我筆洗裡的黑水喝，我一下床它就嚇跑了。它驚醒我，我嚇跑它，也是公道的事情。到窗邊坐下，且不點燈，回想去年此夜，我們正在了因的園裡共談，你說我們在萬本芭蕉底下直像草根底下鬥鳴的小蟲。唉，今夜那園裡的小蟲必還在草根底下叫著，然而我們呢？本要獨自出去一走，爭奈院裡鬼影歷亂，又沒有侶伴，只得作罷了。睡不著，偏想茶喝，到後房去，見我的小丫頭被慵睡鎖得很牢固，不好解放她，喝茶的念頭，也得作罷了。回到窗邊坐下，摩摩窗櫺，無意摩著你前月的信，就仗著月燈再念了一遍。可幸你的字比我寫得還要粗大，念時尚不費勁。在這時候，只好給你寫這封回信。

勞雲，我對了因所說，哪得天下荒山，重疊圍合，做個大監牢——野獸當邏卒，古樹作柵欄，煙雲擬桎梏，蔦蘿為鎖鏈，——閒散地囚禁你這流動人愁懷的詩犯？不想你真要自首去了！去也好，但我只怕你一去到那裡便成詩境，不是詩牢了。

你問我為什麼叫你做詩犯，我自己也不知其所以然。我覺得你的詩雖然很好，可是你心裡所有的和手裡寫出來的總不能適合；不如把筆摔掉，到那只許你心兒領會的詩牢去更妙。遍世間盡是詩境，所以詩人易做。詩人無論遇著什麼，總不肯默著，非發出些愁苦的詩不可，真是難解。譬如今夜夜色，若你在時，必要把院裡所有的調戲一番，非叫它們都哭了，你不甘心。這便是你的過犯了。所以我要叫你做詩犯，很盼望你做個詩犯。

一手按著手電燈，一手寫字，很容易乏，不寫了。今夜起來，本不是為給你寫回信，然而在不知不覺中，就誤了我半小時，不能和我那個「月」默談。這又是你的罪過！

院裡的蟲聲直如鬼哭，聽得我毛髮盡竦。還是埋頭枕底，讓那隻小鼠暢飲一場罷。

給琰光

▲不能投遞之原因——琰光南歸就婚，囑所有男女來書均退回。

你在我心中始終是一個生面人，彼此間再也不能有什麼微妙深沉的認識了。這也是難怪的。白孔雀和白熊雖是一樣清白，而性情的冷暖各不相同。故所住的地方也不相同。我看出來了！你是白熊，只宜徘徊於古冰崢嶸的岩壑間，當然不能與我這白孔雀一同飛翔於纓藤縷縷、繁花樹樹的森林裡。可惜我從前對你所有意緒，到今日落得寸斷毫分，流離到蹤跡都無。我終恨我不是創作者呀！怎麼連這剎那等速的情愛時間也做不來？

我熱極了，躺在病床上，只是同冰做伴。你的情愫也和冰一樣，我愈熱，你愈融，結果只使我戴著一頭冷水。就是在手中的，也消融盡了。人間第一痛苦就是無情的人偏會裝出多情的模樣，有情的倒是緘口束手，無所表示！啟芳說我是泛愛者，勞生說我是兼愛者，但我自己卻以為我是困愛者。我實對你說，我自己實不敢作，也不能作愛戀業，為困於愛，故鎮日顛倒於這甜苦的重圍中，不能自行救度。愛的沉淪是一切救主所不能救的。愛的迷蒙是一切「天人師」所不能訓誨開示的。愛的剛愎是一切「調御丈夫」所不能降伏的。

病中總希望你來看看我，不想你影兒不露，連信也不來！似遊絲的情緒只得因著記憶的風掛搭在西園西籬，晚霞現處。那裡站著我兒時曾愛、現在猶愛的邕。她是我這一生第一個女伴，二十四年的別離，我已成年，而心像中的邕還是兩股小辮垂在綠衫兒上。畢竟是別離好呵！別離的人總不會老的，你不來也就罷了，因為我更喜歡在舊夢中尋找你。

你去年對我說那句話，這四百日中，我未嘗忘掉要給你一個解答。你說愛是你的，你要予便予，要奪便奪。又說要得你的愛須付代價，咦，你老脫不掉女人的驕傲！無論是誰，都不能有自己的愛。你未生以前，愛戀早已存在，不過你偷了些少來眩惑人罷了。你到底是個愛的小竊；同時是個愛的典質者。你何嘗花了一絲一忽的財寶，或費了一言一動的勞力去索取愛戀，你就想便宜得來，高貴地售出？人間第二痛苦就是出無等的代價去買不用勞力得來的愛戀。我實在告訴你，要代價的愛情，我買不起。

焦把紙筆拿到床邊，迫著我寫信給你，不得已才寫了這一套話。我心裡告訴我說，從誠實心表現出來的言語，永不致於得罪人，所以我想上頭所說的不會動你的怒。

給憬然三姑

▲不能投遞之原因——本宅並無「三姑」稱謂。

我來找你，並不是不知你已嫁了，怎麼你總不敢出來和我敘敘舊話？我一定要認識你的「天」以後才可以見你麼？三千里的海山，十二年的隔絕，此間：每年、每月、每個時辰、每一念中都盼著要再會你。一踏入你的大門，我心便擺得如秋千一般，幾乎把心房上的大脈震斷了。誰知坐了半天，你總不出來！好容易見你出來，客氣話說了，又坐我背後。那時許多人要與我談話，我怎好意思回過臉去向著你？

合巹酒是女人的兜湯，一喝便把女舊事都忘了；所以你一見了我，只似曾相識，似不相識，似怕人知道我們曾相識，兩意三心，把舊時的好話都撇在一邊。

那一年的深秋，我們同在昌華小榭賞殘荷。我的手誤觸在竹欄邊的仙人掌上，竟至流血不止。你從你的鏡囊取出些粉紙，又拔兩根你香柔而黑甜的頭髮，為我裹纏傷處。你記得那時所說的話麼？你說：「這頭髮雖然不如弦的韌，用來纏傷，足能使得，就是用來繫愛人的愛也未必不能勝任。」你含羞說出的話真果把我心繫住，可是你的記憶早與我的傷痕一同喪失了。

又是一年的秋天，我們同在屋頂放一隻心形紙鳶。你扶著我的肩膀看我把線放盡了。紙鳶騰得很高，因為風力過大，扯得線兒欲斷不斷。你記得你那時所說的話麼？你說：「這也不是『紅線』，容它斷了罷。」我說：「你想我捨得把我偷閒做成的『心』放棄掉麼？縱然沒有紅線，也不能容它流落。」你說：「放掉假心，還有真心呢。」你從我手裡把白線奪過去，一撒手，紙鳶便翻了無數的筋斗，帶著墮線飛去，掛在皇覺寺塔頂。那破心的纖維也許還存在塔上，可是你的記憶早與當時的風一樣的不能追尋了。有一次，我們在流花橋上聽鷓鴣，你的白襪子給道旁的曼陀羅花汁染汙了。我要你脫下來，讓我替你洗淨。你記得當時你說什麼來？你說：「你不怕人笑話麼，——豈有男子給女人洗襪子的道理？你忘了我方才用梔子花蒂在你掌上寫了我的名字麼？一到水裡，可不把我的名字從你手心洗掉，你怎捨得？」唉，現在你的記憶也和寫在我掌上的名字一同消滅了！

真是！合昬酒是女人底兜湯，一喝便把兒女舊事都忘了。但一切往事在我心中都如殘機的線，線線都相連著，一時還不能斷盡。我知道你現在很快活，因為有了許多子女在你膝下。我一想起你，也是和你對著兒女時一樣的喜歡。

給爽君夫婦

▲不能投遞之原因——爽君逃了，不知去向。

你的問題，實在是時代問題，我不是先知，也不能決定說出其中的祕奧。但我可以把幾位朋友所說的話介紹給你知道，你定然要很樂意地念一念。

我有一位朋友說：「要雙方發生誤解，才有愛情。」他的意思以為相互的誤解是愛情的基礎。若有一方面了解，一方面誤解，愛也無從懸掛的。若兩方面都互相了解，只能發生更好的友誼罷了。

愛情的發生，因為我不知道你是怎麼一回事，你不知道我是怎麼一回事。若彼此都知道很透徹，那時便是愛情的老死期到了。

又有一位朋友說：「愛情是彼此的幫助：凡事不顧自己，只顧人。」這句話，據我看來，未免廣泛一點。我想你也知道其中不儘然的地方。

又有一位朋友說：「能夠把自己的人格忘了，去求兩方更高的共同人格便是愛情。」他以為愛情是無我相的，有「我」的執著不能愛，所以要把人格丟掉；

然而人格在人間生活的期間內是不能拋棄的，為這緣故，就不能不再找一個比自己人格更高尚的東西。他說這要找的便是共同人格。兩方因為再找一個共同人格，在某一點上相遇了，便連合起來成為愛情。

此外有許多陳腐而很新鮮的論調我也不多說了。總之，愛情是非常神祕，而且是一個人一樣的。近時的作家每要誇炫說：「我是不寫愛情小說，不做愛情詩的。」一介紹一個作家，也要說：「他是不寫愛情的文藝的。」我想這就是我們不能了解愛情本體的原因。愛情就是生活，若是一個作家不會描寫，或不敢描寫，他便不配寫其餘的文藝。

我自信我是有情人，雖不能知道愛情的神祕，卻願多多地描寫愛情生活。我立願盡此生，能寫一篇愛情生活，便寫一篇；能寫十篇，便寫十篇；能寫百、千、億、萬篇，便寫百、千、億、萬篇。立這志願，為的是安慰一般互相誤解、不明白的人。你能不罵我是愛情牢獄的廣告人麼？

這信寫來答覆爽君。亦雄也可同念。

復誦幼

▲不能投遞之原因——該處並無此人。

「是神造宇宙、造人間、造人、造愛；還是愛造人、造人間、造宇宙、造神？」這實與「是男生女，是女生男」的舊謎一般難決。我總想著人能造的少，而能破的多。同時，這一方面是造，那一方面便是破。世間本沒有「無限」。你破璞來造你的玉簪，破貝來造你的珠珥，破木為梁，破石為牆，破蠶、棉、麻、麥、牛、羊、魚、鱉的生命來造你的日用飲食，乃至破五金來造貨幣、槍彈，以殘害同類、異種的生命。這都是破造雙成的。要生活就得破。就是你現在的「室家之樂」也從破得來。你破人家親子之愛來造成的配偶，又何嘗不是破？破是不壞的，不過現代的人還找不出破壞量少而建造量多的一個好方法罷了。

你問我和她的情誼破了不，我要誠實地回答你說：誠然，我們的情誼已經碎為流塵，再也不能復原了；但在清夜中，舊誼的鬼靈曾一度躡到我記憶的倉庫裡，悄悄把我伐情的斧——怨恨——拿走。我揭開被褥起來，待要追它，它已乘著我眼中的毛輪飛去了。這不易尋覓的鬼靈只留它的蹤跡在我書架上。原來那是伊人的文件！我伸伸腰，揉著眼，取下來念了又念，伊人的冷面復次顯現了。舊的情誼又從字裡行間復活起來。相怨後的復和，總解不通從前是怎麼一回事，也訴不出其中的甘苦。心面上的青紫惟有用淚洗濯而已。有澀淚可流的人還算不得是悲哀者。所以我還能把壁上的琵琶抱下來彈彈，一破清夜的岑寂。你想我對著這歸來的舊好必要彈些高興的調子。可是我那夜彈來彈去只是一闋〈長相憶〉，總彈不出〈好事〉！這奈何，奈何？我理會從記憶的墳裡復現的舊誼，多年總有些分別。但玉在她的信裡附著幾句短詞嘲我說：

噫，說到相怨總是表面事，
心裡的好人兒仍是舊相識。
是愛是憎本容不得你做主，
你到的是個愛戀的奴隸！

她所嘲於我的未免太過。然而那夜的境遇實是我破從前一切情愫所建造的。此後，縱然表面上極淡的交誼也沒有，而我們心心的理會仍可以來去自如。

你說愛是神所造，勸我不要拒絕，我本沒有拒絕，然而憎也是神所造，我又怎能不承納呢？我心本如香水海，只任輕浮的慈惠船載著喜愛的花果在上面遊蕩。至於滿載癡石嗔火的簰筏，終要因它的危險和沉重而消沒淨盡，焚毀淨盡。愛憎即不由我自主，那破造更無消說了。因破而造，因造而破，緣因更迭，你哪能說這是好，那是壞？至於我的心跡連我自己也不知道，你又怎能名其奧妙？人到無求，心自清寧，那時既無所造作，亦無所破壞。我只覺我心還有多少欲念除不掉，自當勇敢地破滅它至於無餘。

你，女人，不要和我講哲學，我不懂哲學。我勸你也不要希望你腦中有百「論」、千「說」、億萬「主義」、那由他「派別」，辯來論去，逃不出雞子方圓的爭執。縱使你能證出雞子是方的，又將如何？

你還是給我講講音樂好。近來造了一闋〈暖雲烘寒月〉琵琶譜，順抄一份寄給你。這也是破了許多工夫造得來的。

復真齡

▲不能投遞之原因——真齡去國，未留住址。

自與那人相怨後，更覺此生不樂。不過舊時的愛好，如潔白的寒鷺，三兩時間飛來歇在我心中泥濘的枯塘之岸，有時漫涉到將乾未乾的水中央，還能使那寂靜的平面隨著她的步履起些微波。

唉，愛姊姊和病弟弟總是孿生的呵！我已經百夜沒睡了。我常說，我的愛如香冽的酒，已經被人飲盡了，我哀傷的金罍裡只剩些殘冰的融液，既不能醉人，又足以凍我齒牙。你試想，一個百夜不眠的人，若渴到極地，就禁得冷飲麼？

「為愛戀而去的人終要循著心境的愛跡歸來」，我老是這樣地顛倒夢想。但兩人之中，誰是為愛戀先走開的？我說那人，那人說我。誰也不肯循著誰的愛跡歸來。這委是一件胡盧事！玉為這事也和你一樣寫信來呵責我，她真和她眼中的瞳子一樣，不用鏡子就映不著自己。所以我給她寄一面小鏡去。她說「女人總是要人愛的」，難道男子就不是要人愛的？她當初和球一自相怨後，也是一樣蒙起各人的面具，相逢直如不識。他們兩個復和，還是我的工夫，我且寫給你看。

那天，我知道球要到帝室之林去賞秋葉，就慫恿她與我同去。我遠地看見球從溪邊走來，藉故撇開她，留她在一棵楓樹底下坐著，自己藏在一邊靜觀。人在落葉上走是覓不得的。球的足音，諒她聽得著。球走近樹邊二丈相離的地方也就不往前進了。他也在一根橫臥的樹根上坐下，拾起枯枝只顧揮撥地上的敗葉。她偷偷地看球，不作聲，也不到那邊去。球的雙眼有時也從假意低著的頭斜斜地望她。他一望，玉又假做看別的了。誰也不願意表明誰看著誰來。你知道這是很平常的事。由愛至怨，由怨至於假不相識，由假不相識也許能回到原來的有情境地。我見如此，故意走回來，向她說：「球在那邊哪！」她回答：「看見了。」你想這話若多兩個字「欽此」，豈不成這娘娘的懿旨？我又大聲嚷球。他的回答也是一樣的莊嚴，幾乎帶上「欽此」二字。我跑去把球揪來，對他們說：「你們彼此相對道道歉，如何？」到底是男子容易勸。球到她跟前說：「我也不知道怎樣得罪你。他迫著我向你道歉，我就向你道歉罷。」她望著球，心裡愉悅之情早破了她的雙頰沖出來。她說：「人為什麼不能自主到這步田地？連道個歉也要朋友迫著來。」好了，他們重新說起話來了！

她是要男子愛的，所以我能給她辦這事。我是要女人愛的，故毋需去瞅睬那人，我在情誼的道上非常誠實，也沒有變動，是人先離開的。誰離開，誰得循著自己心境的愛跡歸來。我哪能長出千萬翅膀飛入蒼茫裡去找她？再者，他們是醉於愛的人，故能一說再合。我又無愛可醉，犯不著去討當頭一棒的冷話。您想是不是？

給懷霄

▲不能投遞之原因——此信遺在道旁，由陳齋夫拾回。

好幾次寫信給你都從火爐裡捎去。我希望當你看見從我信箋上出來那幾縷煙在空中飄揚的時候，我的意見也能同時印入你的網膜。

懷霄，我不願意寫信給你的緣故，因為你只當我是有情的人，不當我是有趣的人。我嘗對人說，你是可愛的，不過你遊戲天地的心比什麼都強，人還夠不上愛你。朋友們都說我愛你，連你也是這樣想，真是怪事！你想男女得先定其必能相愛，然後互相往來麼？好人甚多，怎能個個愛戀他？不過這樣的成見不止你有，我很可以原諒你。我的朋友，在愛的田園中，當然免不了三風四雨。從來沒有不變化的天氣能叫一切花果開得斑爛，結得磊砢的。你連種子還沒下，就想得著果實，便是辨不到的。我告訴你，真能下雨的雲是一聲也不響的。不掉點兒的密雲，雷電反發射得彌滿天地。所以人家的話，不一定就是事實，請你放心。

男子願意做女人的好伴侶、好朋友，可不願意當她們的奴才，供她們使令。他願意幫助她們，可不喜歡奉承諂媚她們，男子就是男子，媚是女人的事。你若把「女王」、「女神」的尊號暫時收在鏡囊裡，一定要得著許多能幫助你的朋友。我知道你的性地很冷酷，你不但不願意得幾位新的好友，或極疏淡的學問之交，連舊的你也要一個一個棄絕掉。嫁了的女朋友，和做了官的男相識，都是不念舊好的。與他們見面時，常竟如路人。你還未嫁，還未做官，不該施行那樣的事情。我不是呵責你，也不是生氣，——就使你侮辱我到極點，我也不生氣。我不過盡我的情勸告你罷了。說到勸告，也是不得已的。這封信也是在萬不得已的境遇底下寫的。寫完了，我還是盼望你收不到。

復少覺

▲不能投遞之原因——受信人地址為墨所汙，無法投遞。

同年的老弟：我知道懷書多病，故月來未嘗發信問候，恐惹起她的悲怨。她自說：「我有心事萬縷，總不願寫出、說出；到無可奈何時節，只得由它化作血絲飄出來。」所以她也不寫信告訴我她到底是害什麼病。我想她現時正躺在病榻上呢。

唉，懷書的病是難以治好的。一個人最怕有「理想」。理想不但能使人病，且能使人放棄他的性命。她甚至抱著理想的理想，怎能不每日病透二十四小時？她常對我說：「有而不完全，寧可不有。」你想「完全」真能在人間找得出來的麼？就是遍游億萬塵沙世界，經過莊嚴劫、賢劫、星宿劫，也找不著呀！不完全的世界怎能有完全的人？她自己也不完全，怎配想得一個完全的男子？縱使世間真有一個完全的男子，與她理想的理想一樣，那男子對她未必就能起敬愛。罷了！這又是一種渴鹿趨陽焰的事，即令它有千萬蹄，每蹄各具千萬翅膀，飛跑到曠野盡處，也不能得點滴的水；何況她還盼望得到綠洲做她的憩息飲食處？朋友們說她是「愚拙的聰明人」，誠然！她真是一個萬事伶俐、一時懵懂的女人。她總沒想到「完全」是由妖魔畫空而成，本來無東西，何能捉得住？多才、多藝、多色、多意想的人最容易犯理想病。因為有了這些，魔便乘隙於她心中畫等等極樂，飾等等莊嚴，造等等偶像，使她這本來辛苦的身心更受造作安樂的刑罰。這刑罰，除了世人以為愚拙的人以外，誰也不能免掉。如果她知道這是魔的詭計，她就沏近解脫的岸邊了。「理想」和毒花一樣，眼看是美，卻拿不得。三家村女也知道開美麗的花的多是毒草，總不敢取來做肴饌，可見真正聰明人還數不到她。自求辛螫的人除用自己的淚來調反省的藥餌以外，再沒有別樣靈方。醫生說她外表似冷，內裡卻中了很深的繁花毒。由毒生熱惱，惱極成勞，故嘔心有血。我早知她的病源在此，只恨沒有神變威力，幻作大白香象，到阿耨達池去，吸取些清涼水來與她灌頂，使她表裡俱冷。雖然如此，我還盡力向她勸說，希望她自己能調伏她理想的熱毒。我寫到這裡，接朋友的信說她病得很凶，我得趕緊去看看她。

無法投遞之郵件（續）

一、給憐生

偶出郊外，小憩野店，見綠榕葉上糝滿了黃塵。樹根上坐著一個人，在那裡呻吟著。農說大概又是常見的那叫化子在那裡演著動人同情或惹人憎惡的營生法術罷。我喝過一兩杯茶，那悽楚的聲音也和點心一齊送到我面前，不由得走到樹下，想送給那人一些吃的用的。我到他跟前，一看見他的臉，卻使我失驚。憐生，你說他是誰？我認得他，你也認得他。他就是汕市那個頂會彈三弦的殷師。你記得他一家七八口就靠著他那十個指頭按彈出的聲音來養活的。現在他對我說他的一隻手已留在那被賊格殺的城市裡。他的家也叫毒火與惡意毀滅了。他見人只會嚷：「手——手——手！」再也唱不出什麼好聽的歌曲來。他說：「求乞也求不出一隻能彈的手，白活著是無意味的。」我安慰他說：「這是賊人行兇的一個實據，殘廢也有殘廢生活的辦法，樂觀些罷。」他說：「假使賊人切掉他一雙腳，也比去掉他一個指頭強。有完全的手，還可以營謀沒慚愧的生活。」我用了許多話來鼓勵他，最後對他說：「一息尚存，機會未失。獨臂擎天，事在人為。把你的遭遇唱出來，沒有一隻手，更能感動人，使人人的手舉起來，為你驅逐醜賊。」他沉吟了許久，才點了頭。我隨即扶他起來。他的臉黃瘦得可怕，除掉心情的憤怒和哀傷以外，肉體上的饑餓、疲乏和感冒，都聚在他身上。

我們同坐著小車，輪轉得雖然不快，塵土卻隨著車後卷起一陣陣的黑旋風。頭上一架銀色飛機掠過去。殷師對於飛機已養成一種自然的反射作用，一聽見聲音就蜷伏著。裊說那是自己的，他才安心。回到城裡，看見報上說，方才那機是專載烤火雞到首都去給夫人小姐們送新年禮的。好貴重的禮物！它們是越過滿布殘肢屍體的戰場、敗瓦頽垣的村鎮，才能安然地放置在粉香脂膩的貴女和她們的客人面前。希望那些烤紅的火雞，會將所經歷的光景告訴她們。希望它們說：我們的人民，也一樣地給賊人烤著吃咧！

二、答寒光

你說你佩服近來流行的口號：革命是不擇手段的。我可不敢贊同。革命是為民族謀現在與將來的福利的偉大事業，不像潑一盆髒水那麼簡單。我們要顧到民族生存的根本條件，除掉經濟生活以外，還要顧到文化生活。縱然你說在革命的過程中文化生活是不重要的。因為革命便是要為民族製造一個新而前進的文化，你也得做得合理一點，經濟一點。

革命本來就是達到革新目的的手段。要達到目的地，本來沒限定一條路給我們走。但是有些是崎嶇路，有些是平坦途，有些是捷徑，有些是遠道，你在這些路程上，當要有所選擇。如你不擇道路，你就是一個最笨的革命家。因為你為選擇了那條崎嶇又復遼遠的道路，你豈不是白糟蹋了許多精力、時間與物力？領導革命從事革命的人，應當擇定手段。他要執持信義、廉恥、振奮、公正等等精神的武器，踏在共利互益的道路上，才能有光明的前途。要知道不問手段去革命，只那手段有時便可成為前途最大的障礙。何況反革命者也可以不問手段地摧殘你的工作？所以革命要擇優越的、堅強的與合理的手段；不擇手段的革命是作亂，不是造福。你贊同我的意思罷！寫到此處，忽覺冷氣襲人，於是急開窗戶，移座近火，也算衛生上所擇的手段罷，一笑。

雍來信說她面貌醜陋，不敢登場。我已回信給她說，戲臺上的人物不見得都美，也許都比她醜。只要下場時留得本來面目，上場顯得自己性格，塗朱畫墨，有何妨礙？

三、給華妙

瑰容她的兒子加入某種祕密工作。孩子也幹得很有勁。他看不起那些不與他一同工作的人們，說他們是活著等死。不到幾個月，祕密機關被日人發現，因而打死了幾個小同志。他幸而沒被逮去，可是工作是不能再進行了，不得已逃到別處去。他已不再幹那事，論理就該好好地求些有用的知識，可是他野慣了，一點也感覺不到知識的需要。他不理會他們的祕密的失敗是由組織與聯絡不嚴密和缺乏知識，他常常舉出他的母親為例，說受了教育只會叫人越發頹廢，越發不振作，你說可憐不可憐！

瑰呢？整天要錢。不要錢，就是跳舞；不跳舞，就是……，總而言之，據她的行為看來，也真不像是鼓勵兒子去做救國工作的母親。她的動機是什麼，可很難捉摸。不過我知道她的兒子當對她的行為表示不滿意。她也不喜歡他在家裡，尤其是有客人來找她的時候。

前天我去找她，客廳裡已有幾個歐洲朋友在暢談著。這樣的盛會，在她家裡是天天有的。她在群客當中，打扮得像那樣的女人。在談笑間，常理會她那抽煙、聳肩、瞟眼的姿態，沒一樣不是表現她的可鄙。她偶然離開屋裡，我就聽見一位外賓低聲對著他的同伴說：「她很美，並且充滿了性的引誘。」另一位說：「她對外賓老是這樣的美利堅化。……受歐美教育的中國婦女，多是善於表歐美的情的，甚至身居重要地位的貴婦也是如此。」我是裝著看雜誌，沒聽見他們的對話，但心裡已為中國文化掉了許多淚。華妙，我不是反對女子受西洋教育，我反對一切受西洋教育的男女忘記了自己是什麼樣人，自己有什麼文化。大人先生們整天在講什麼「勤儉」、「樸素」、「新生活」、「舊道德」，但是節節失敗在自己的家庭裡頭，一想起來，除掉血，還有什麼可嘔的？

旅印家書（二十六封）

一

六妹：

那天從藍沙丹尼下船，和你告別後，看船已出港，便即搭泉州船往澳門。本不想到李家去，想自己去看看，第二天便回廣州。可巧在船上就遇見那學生，他一定要我到他家去。他父母極意款待，一連兩天，不讓我走，每食必火鍋，真是過意不去。到走的時候，還給我買船票又送餅食很多，真是卻之不恭，受之有愧。澳門地方很有趣味，很像南歐洲城市，商業不盛，政府依賭為生。回省後，又換了十鎊做船費，因為船票須三百二十元英洋。你只交一百九十元給我。今日到香港，明天開船，船名Takada，英郵船也。日本船終不可搭。信到時想你已在家，家人安否？祈函知。地址（略）

想你！

夫　字　二月三日廣州

二

六妹：

前天下午四時從香港出海，現在已離香港四百餘里，但距新加坡還有三日夜的路程。天氣漸熱起來，在香港已吃到西瓜，今早早餐已開了電風扇。海上仍是陰沉，北風從後面追來，弄得船有些擺盪。船上搭客不多。去年夏天在北京飯店住的，那位匈牙利人華義，亦搭此船，故每日與他閒談，頗能消寂。此次到香港，除到莫君家去吃飯以外，哪裡都沒去。船行那天，找不到電報局，也就沒打電報，船上每字兩塊多，大可以不必打。在海上五天，北風很緊，船雖搖盪，於我無傷。船中只看些書，並不能寫什麼。晚上與同艙二位先生（一位盧，一位劉，都是嶺南中學教員）閒談。盧先生能彈古琴，程度很高，有時也講愛經。有時與華義談北京那女古董家。不覺又看見新加坡了。今天是九號，從香港到此為一千四百四十四里，足走了五天五夜，大概要後天才能開船到檳榔嶼。到仰光還得七天，到時再通知。夜間老睡不著，到底不如相見時爭吵來得熱鬧。下一封信，咱們爭吵好不好？

即詢

全家安好

　　蕙君來了沒有？我也想她。七妹子呢？

　　老太爺喜歡我的禮物不？不要回信，我到普那當電知。

地山　二月九日

三

六妹：

　　昨天下午四點又離開新加坡，還要一天才到檳榔嶼。昨天與林元英夫婦到植物園去。前天找了幾個舊朋友到遊藝場玩。九點半回船，天氣已不熱，但沒有睡好，今天有點頭痛，不想吃東西，大概是晚上想事多所致。

我們到星洲那天，正值陳嘉庚公司倒閉，因為舊曆年關在即，債主不肯通融，不得已要想別的方法，但除宣告破產以外沒有別的法子。林元英在此，月薪約合華幣一千，但不甚夠用。他想回南京去。他已有兩個男孩，夫人也老成一點了。

離港以前聽羅文榦說，日俄邦交恐怕在今年六七月間會破裂，北京聽見什麼消息沒有？

今天是我生日，大概家裡也沒有什麼舉動。船已到了，今晚開到仰光去，三天后才能到埠。現在要上岸去寄這封信，順便去看幾個朋友。這信到時，你便可以寫回信到普那去。

地山　二月十四日

四

六妹：

到仰光第三天，便又上船到上緬甸曼德來去。船走了七天，到昨天才到，現住在一家雲南人開的南洋中外旅舍。什麼都不方便，因為緬甸古物保存會的主任，為我定了參觀的日程，料想得住三天才能回仰光去。這時候是採玉石的季候，從中國來了許多璞商，玉山離此地約有四天路程，市上有些雲南人在那裡賣，價錢非常便宜。買璞比較磨好的便宜，不過，好不好不管保。我很想買一兩塊，不曉得會上當不會？心想不買，引誘實在太大，寶山空回，是多麼可惜呢！在船上又成了一篇小說，不久謄好寄回去。此地疫症正發，東西又不乾淨，今天起來有一點不舒服（頭痛），大概不要緊。從前沒覺得一個人出門難過，自從有了你，心地不覺變了。現在一天都想家，想得厲害，尤其是道中，有一個月沒得你的信，心心又急。我想趕到普那去，但此地可研究的東西實在多，又捨不得去。離仰光時，必打電給你。

地山　元宵在瓦城

家人都好

Mandalay 是緬甸舊王都，近雲南。

五

六妹：

昨從瓦城回仰光，要到本星期六，才有船到印度去，所以這信是在緬甸最後發的信了。在瓦城寄上一書說玉石很賤，那玉商非要我買一兩件不可，於是我便買四顆翠玉，都是玻璃的，那大的可以鑲戒指或扣針，小的做耳環。公遂說，可以用保險信封寄，所以依他的話冒險裝在信裡，我想你一定很喜歡。我本想買一兩件給蕙君與七妹，只怕不好，反為不美，故未敢辦。此地舊友很多，原定三月初到印，因為他們一留，現在就要十幾才能到了。棪新功課如何，甚念。北平局勢若是不好，就得早想法子。在瓦城時，有舊友林希成君想要些北京的香瓜、梨瓜種籽，他想在緬甸試種。希即到市場替他買幾種。要多些，還有怎種，也請詳說。林君地址即囊玉的信封上所印的，照寫照寄便得。

孩子們都好？哥真想他們，更想你。老太爺順此問候。小說稿下期寄。

我是你的哥哥　三月七日

六

六妹妹：

三月七日寄你一信並在保險信中寄去翠玉四顆，不知收到否？你喜歡嗎？

你來信說北師大仍要繼續聘請我教歷史，記得過去上歷史課時，你來到課堂坐在最後一排聽我講課。你後來對我說：「你講課清楚，對歷史分析得深透有啟發，教得好！」這個評語使我很高興，也是鼓勵吧。來信說：「有些青年說歷史是遠水解不了近渴，不解決當前的問題。」你應對他們說，「你們要好好學習英國科學家培根說過的『讀史使人明智』，那是很有見地很有道理的。」因為歷史有助於我們清理思想，借鑒歷史經驗檢查過去，指導現實。正可以幫助我們對中國深受帝國主義侵略，淪為殖民地半殖民地的痛苦經驗，也對祖國某些方面落後的原因有所了解，從事實對比中吸取教訓，提高認識，激發起愛國熱情，反對封建反對帝國主義，努力為祖國建設出力。讀歷史不是可以變得聰明起來，不是可以明智嗎？你說我講的對不對？你也是教師，應對有些青年涉世不深、生活經驗缺乏、對歷史不了解、容易崇洋迷外，我們當教師的，有責任指導他們。

我的好妹妹、好教師。

地山　三月十二日

七

六妹子：

到普那已經四天了，現在還是住在客棧裡，一天要十個盧比左右（一盧比合大洋一元二毛）。吃的是洋餐，真難吃，又貴，早茶十二安（一元），早飯 R.1.80（二元五毛），中飯 R.2.00（三元），午後茶 R.0.80（七毛），晚飯 R.3.00（三元六毛），房錢在外，不吃還不成！此地沒有別的客棧，是這家專利，棧主拿外國人都當財主，真可惡。明天或後天，巴先生才能給我想法子，搬到學校或印度公僕會宿舍去，那裡要用多少，還不知道。總而言之，沒有預料的那麼省。前幾年我住波羅奈城，一個月不過花三十個盧比，那時候盧比賤，三十盧比不過大洋二十一元左右。現在在這裡算來，至少也得用八十盧比（依巴先生替我算最省的數），合大洋也得百元左右。我身邊現還可以支援兩個月（不算學費，我還沒找著老師，學費多少，沒把握）。如果〇〇先生的款有著，我想在這裡留三個月，到六月中離開此地，用一個月功夫遊歷。我還不敢到處去，許多應到的地方，都候著錢才能動。

到的那天，打了一封電報，就用去十四個盧比。此後信件還是由 **Dr. N. B. Parulekar** 轉，他是 **Sakal**（報紙名）的主筆，如打電報匯款，寫 **Hsotishan**，**c/o Sakal**，**Poona gndia** 便可達到，**Sakal** 也是該報的電碼。信封可以寫詳細一點 **c/o Dr. N. B. Parulekar**，**The Sakal**，**Poona**，**gndia**。

自己一個人，錢用得真容易。我現在才理會，好妹妹你在身邊，是多麼大的幫助。我的口袋不能有過五元是真的，真的常常莫名其妙地便用完了。在道上理髮，招得耳後長癬，花了些錢買藥，現在治好了。常頭痛，大概是那緣故。你的腿，回家後好了沒有？若不好，還得上協和看看去。自從與你分別後，只看過兩次電影，一次在廣州，一次在仰光。也沒有什麼消遣地方可去，所以每天除看書，便是寫東西。《春桃》原來想名《咱們的媳婦》，因為偏重描寫女人方面，那兩男子並不很重要，所以改了。本來想直接寄給東華，但我願意妹妹先看，我沒第二副本，最好另抄一本寄到上海去。

我想你和孩子們，一天老沒得好好用功夫，大概是相離這麼久，沒有你的信所致。老太爺好嗎？過兩天把事情安排好了，寫封信給他。七妹子和蕙君好，我也想她們。我打算五月到Goa去，那是天主教的聖地，頭一個到東方來傳教的聖方濟（St Franrisavien）的墓在那裡，聖方濟死在澳門附近的上川島，教徒把他的屍運到印度來。問問她們要求什麼，我到墓上替她們求去。

這紙是空郵用的，品質輕薄，名叫Airmail，大概永興也有得賣，抄稿子最好不過。

這兩天抄稿把手都屈痛了，下星期一再寫。我想你的第一封信最快還得一個月左右才能到，從北京到孟買得二十五天左右。如果香港有人寄飛機信，一個禮拜可以到，路程是從平飛滬，轉飛廣州，寄到香港（廣州不能飛香港），再飛遞到印度五天左右（香港印度線是從港飛西貢、仰光、加爾各答、孟買），因為中英空郵未定約，故不能直進。

再談罷，要去吃晚飯了。

地山　三月十九日

又，Dr. N. B. Paiuciean不久要同一個法國女士結婚，又得預備禮物。你去買一兩個南京錦靠墊寄來好不好？還有王克私先生那裡，你去印一張鄭成功的像送給他，我不久就有信給他。

在仰光寄去的四粒翠玉，收到了沒有？我想你一定喜歡那大一點的。普那的金線銀線很有名，要麼？

我忽然想起來，我有一個朋友的女兒嫁在香港。你若要寄飛機信，可以寫信給她（用文言或英文）請她轉寄。不過信皮得寫「By Airmail」。從香港飛遞到此地得港銀五毛（五十先）。她的地址：（略）

地山　三月二十二日

八

六妹子：

二月二十一日的信已經收到，仔細看了十多遍。你沒告訴我老太爺喜歡那拐杖和印色不喜歡，以後我不再送東西給他，因為他不稀罕。燕京款項已函王克私及司徒二位先生，或者王先生可以幫忙說說。附上兩封，一封是給那猶太學生的，他的名字叫 Jacob Rabinowits。給司徒的信可以由他轉，所以你只須加上兩個信封便可以。

昨天搬到學校來，此校名 Sir Parashviambhaa College，每月房租大概十盧比左右，吃一天約一盧比，學費二十盧比左右，其餘十盧比左右。所以我身邊的款還可以支二個月左右（還剩三百盧比）。我已決定六月十五左右離開此地。如有錢早些回家；沒錢，不回家！你得想法子，〇〇處已寫信，也是今天寄飛機去。前信想已接到，如《春桃》稿還沒寄，在最後一段，最後一句應加「過不一會，連這微音也沉寂了。」一句。

暑假後如打算搬到海甸，現在便當與謝景升到總務處交涉。祝先生婚事想已成功。

此地吃飯用手，吃不慣，買了一把叉子、一條勺子。沒肉吃，個人都是吃素的，坐在地下，沒椅也沒桌。

地山　三月二十六日

《道教史》合同如簽好，可以商量預支版稅，還可以去找振鐸。《說明書》請轉寄。《說明》有些自吹，這便是我恨做買賣的一個緣故。

九

好妹妹：

相片和信都收到了，寄相片得用硬紙夾住，不然，都折壞了，這次好在沒折著你的臉，還可以掛掛。上星期的信，附給司徒雷登先生的，是要放在那猶太學生的信裡，由他轉，最好你還是去見見司徒。我此地足短二千元左右。近幾年來，印度樣樣東西都貴得厲害，一個香瓜往時一安（合華幣一毛六），現在賣到二安（印度一盧比合十六安，每安四銅子，銅子為單位，一銅子合三貝，但不用，1R—upte=16 annas；1 anna=1/4 anuo）。坐一坐車得四安，真是不得了，吃的東西不好又貴，此校學生，每月膳費十五盧比（合十九元五毛左右），一天兩頓，通個月沒見半塊肉或一條小魚，淨素，每月不改。一盤飯，一小碗加里茄，或南瓜、小椰菜之類，芋葉、香蕉花、苦瓜、黃瓜，算是好東西，不輕易吃得起。衣服一件，洗工一安。連學費算起來，總要百盧比一個月。所以這信到的時候，我的錢也就快完了。在這裡有一樣事頂自由，你猜是什麼？平常在家，你不許我吃的東西，在此地天天大吃特吃，吃了上下都有味，他們說有益，所以我就大膽吃起來。一天洗兩次澡，有時還多。裡衣褲每天自己洗，比劉媽還洗得乾淨。此地地勢很高，白天熱度在一百零五左右，風是熱的，像理髮館吹頭髮機器所出的一樣，晚上倒可以過得去。

上個星期到Bhor國，這是印度還沒亡的一個小國。地方不過百里。國王請我們吃大餐（坐在地上吃），又叫我同他父子照了一個相。附上的照片，是那國王的父親的陵前一條小溪，石頭很好看，水很靜，像鏡一樣。站在床後的那張，很像我父親的樣子。那蚊帳架子很特別，一面有四個鉤，可以掛蚊帳，隨時可以取下。照這法子，咱們的銅床也可以做，用木頭做，可以疊起來，晚上支上。上頭的方框，也可以拆，冬天不用可以收起來。（附圖略）

種籽一包，是此地的野花，可以交給楙新種，等我回去看。小黑籽是刺罌粟，開黃花，像虞美人，不過全身是刺，宜於種在籬笆下，可以為虞美人配種，使花的顏色改變，刺少一點。像榆錢的是一種小樹，開黃花像喇叭。有毛的是蒲公英（各種顏色都有），比中國的大四五倍。還有小黃扁籽，也帶絮，是小金盞，此花臺灣、廣東也有，不香，可很好看。

下星期再談吧！我的親妹妹。

哥，你的伴　四月一日

十

六妹子：

又是兩個星期沒接到你的信了。燕京款項交涉，結果如何？現在我身邊只剩二百三十盧比左右，這月底不來錢，可了不得。上海那套《大藏經》寄到廣州去沒有？此地有個印度人想買。梵文教師已找著，每月束，大約在二十盧比，一星期三次。這兩天正忙著咧。在此地又變成純粹的素食者。印度人多半食素，除去回教徒以外，簡直沒有食肉的，連雞子都要到很遠去買，我有三個星期沒嘗過雞子和肉的氣味了。他們的素食，滋養料很充足，主要是飯、黃油、醍醐、酪。我一天吃兩頓。早餐沒有人吃，十一點半一頓，晚上八點一頓，下午喝一杯茶。每頓吃差不多一碗飯。兩杯牛乳，一張餅，沒有什麼菜，稠豆漿照例有。雖然吃不多，精神卻很好。

關於咱們的房子問題，交涉了沒有？我想若是學校下年辭退許多教員，當局必不會給我們原先看定的那所房子（史密斯的房子）。住在南大地或東大地，未免不方便（老太爺方面）。現住的房子無論如何是不能要，因為租錢太貴，又沒花園可以給孩子玩。我始終還是想住海甸。

燕京大學無線電臺每星期一、五兩日與仰光通電。你如要打電給我，可以請那猶太學生（劉育才）Mr Jacob Rafinowily①替你打，不用花錢。打到仰光請許魔力先生給轉到我這裡便可以。劉育才住城裡，電文得用英文，可以請蕙君寫。再談。

哥　四月九日

十一

好妻子：

今早接到你三月十九的信，心花都開了。好妻子，我知道你苦悶，我應不離開你。以後若是要到別的地方去，一定和你同行。

此地一切均已就緒，不過時間太短，恐怕學不著多少。近幾天來，每想燕京的事情，以後是靠不住的。「君子見機而作」，應當早想法子。哈佛燕京社的錢，他們不拿來用在真正國學的研究上。我們幾個人，除我懂外國話可以抬杠以外，其餘頡剛、希白二位是不聞問的，所以我會成為他們的眼中釘。不曉得到什麼時候，他們要開除我。這幾天，我想到一個方法，就是自己找些錢，開個研究院……

寄去照片其中，一張是我的臥房，牆上掛著你的像，後面是我買的一個美女（畫）。另二張是我在此校的膳堂裡吃飯的樣子。他們都坐在地上，用手抓飯吃。印度人吃飯，照例是脫衣服，赤腳。我的腳，比起他們的，是又小又白淨。他們說我的腳像女子的一樣（他們說美得像辯才天女的一樣），但他們的女人的腳並不小，也不白淨。膳堂的盡頭便是廚房，你可以看見那廚子在地上烙餅，兩張不同樣，一張可以給文子，吃完，把盤子（請客時，用蕉葉，或別的大樹葉）推進坐的方几裡頭，到外面洗手，吃檳榔。又一張是在澳門賈梅士紀念碑底下照的。賈梅士（Camoëns）是葡萄牙的最大詩人，明末到澳門來，在白鴿巢寫他最偉大的 **The Jusiad**。此詩為葡國最美的作品，所以歐洲名人，每到此瞻拜他的遺跡，石壁上刻了許多名人的題記。此片是給王克私先生的，請轉給他。回家時，可以教給你洗像。（學費二百元，給得起嗎？）

你的腿現在怎樣啦，好了沒有？我想原因是前幾年在塘沽摔倒所致，並不關牙的事。英國近出了一種藥，名 Elaito，專治腿痛，不曉得北京有賣的沒有？如沒有，可請蕙君寫信到倫敦去買一瓶試試，或照底下擬的信寄去（略）。此藥每瓶五先令，無郵費，故寄五先令便可以。藥是內服，從血液醫治。到的怎樣，我沒見過。我在此，因為吃素的緣故，沒屙過血，痔瘡也漸小了。我想以後，我不再食肉了，最多可以吃雞子或肉湯。我已理會肉類對我的身體不合適。咱們都吃素，好不好？

地山　四月十五日

十二

六妹：

上函寄出後告訴你我到此一切就緒，想必你會為我心安。遠隔重洋，一字值千金，望你多給我寫信，以慰時刻在想念你們的遊子。

記得我在一九二六年由英國回國時，特意繞道印度去拜訪詩聖泰戈爾，那時我住在印度波羅奈城印度大學，搭車去加爾各答附近的聖蒂尼克泰戈爾創辦的國際大學參觀，同時也去泰戈爾家裡看他，他是我一向敬仰的知音長者。還帶回來他送給我的照片和紀念品吉祥物白磁象。交給你，你還很寶貴地收藏著。我回憶起泰戈爾肩披有波紋的長髮，飄灑著美麗的銀鬚，談知風生，舉止優雅。他的形影至今還深刻地留在我腦裡。他建議我編寫一本適合中國人用的梵文辭典，既為了交流中印學術，也為了中印友誼，我回國後即著手編纂。字典稿存在燕京大學我的書房裡，你空時去燕京看看該沒有散亂那些卡片吧？我本想再去看看泰戈爾，告訴他我遵循他的囑咐在編梵文辭典，他一定會很高興的。可是我打聽到他現在不在家，到別處講學去了，也不知是去到哪裡，所以我就沒法去看他。我留印度不會久的，恐怕沒有機會再見面了，除非他再到中國來，一九二四年他來中國時我在牛津，失去了相見的機會，所以我回國時一定繞道印度去看他。至終如願以償是很高興的事。現在近在咫尺未能再見深為遺憾。真是人生聚散無常呵！我在外心裡的事無可告訴，坐下來把它寫下告訴你，泰戈爾是我的知音長者，你是我知音的妻子，我是很幸福的，得一知音可以無恨矣。對嗎？

你的四哥　四月二十日

十三

六妹：

昨天接到你三月二十七的信，一切知道，錢如籌到，即請電匯。燕京如不再給，是真對我不住，使我對於他們更失信仰，我實在不想同他們再混下去。燕京當局老抱著一種「要則留，不要則請便」政策對付教員，這是我最反對的。來年裁的人固然有許多該走的，但也有很好的教員在裡頭（未見著名單，誰被裁總知道一點）。幾個大頭鬧意見，拉攏教員，巴結學生，各樹黨羽。在我看來，無一是處。我想還是另找事情，北大，或南京，或廣西，湖南都可以。我不再找清華了，這次要走得再遠一點。前次的信所說，組織電影經理處的事，我越想越有把握，雖然我不會做買賣，我卻信這事可以辦。

我來此已一個多月了，對於此地風土人情也多知些。有些印度人的責任心淺薄，應許的事，每不去做。有時我得自己出馬，連當差的也用不得，不好好幹事，只想要錢。此地個個都以為我是財主，他們想，若沒錢，怎能到外國？兩三個同住的半教員半學生的印度人老是向我要這樣，要那樣。比如一塊胰子（我不懂本地話，自己去買得到很遠去，坐車得花差不多兩塊大洋來回），你若託他們去買，他們總沒工夫，可是等我自己去買回來，他們又來借，連牙膏牙籤也可以借！若是他們領我去看地方，好！什麼都得我解囊！我怕得不但不敢約他們，連自己去也不敢叫他們知道。

我屋裡的臭蟲簡直沒辦法，一天總要治死十幾隻。印度臭蟲特別大。他們多不殺生，見我的行為，都很詫異。有些人身上還養臭蟲，以為是一種功德，所以你如看見別人身上有臭蟲，最好別去管，若不然，有時候你便要聽見「由它罷，那是我養活的」。若是你不喜歡臭蟲，把它拈起來，送到門外去，所以結果不是爬回來，便是到別人身上去。我在寫字，臭蟲滿桌上爬，真像小油蟲一樣，走動得很靈敏，你要拈它，它馬上就藏起來。

此地的蝙蝠也非常的大。每到黃昏，一群一群飛出來覓食，翅膀張起來，約有四尺，歇著的時候，就像一隻小狐狸。綠鸚哥（會說話的）很多，市上賣得很賤，一錢銀（合三毛多大洋）可以買一隻。孔雀也便宜，十幾盧比一對，不過都不好帶，在半道上常餓死了。

照片四張，有一張是廣州小北門外，我大姊的墳，臨離開廣州的前二天找到的，墳磚都被人偷了。偷者算還有良心，還留下墓碑與後土位，找到的時候，土埋到「顯妣」的地方。我找人隨便挖開，照了這相，其餘已請葉啟芳經管，修理總要五六十元（最少）。此片可以轉寄給敦谷。其餘三張是上星期的成績（自洗自晒）：「象」是到遠地給你買一個最好的鏡框，掛上以後照的。「看書」是在我床上照的。還有一張「看書」，牆上掛的是洗姑娘的畫和甘地的浮像。這樣的手段，可以開照相館吧？……

四哥　四月二十四日

十四

六妹妹：

這封信一定與二十四那封同時到，因為此地空郵提早了一天，所以上星期的信件，都歸入這星期發。翠玉四塊，本來不大，不能做得什麼，當時也想到買些大的，只怕錢都用完，沒法往前走。買璞更便宜，不過得懂，才有把握，一塊可以琢成手鐲之翠玉璞也不過三十盾左右，琢出來也許就值一千，也許滿不是那麼一回事。那四塊小翠玉一共花了十四盧比（十五元左右），頂大塊的十一盧比，其餘每件一盧比。我到的時候正是中國商人（多半自廣州來）到玉山去採璞的季候。所以有的舊貨，人都爭著出脫，可惜沒錢，不然真可買得好的。緬甸還產紅寶石和綠寶石。我知道你不大喜歡紅的東西，所以沒問價錢。至於怎樣處置那四塊小東西，我以為可以鑲胸針或項串，若把那大的鑲戒指，不成嗎？

七妹子決意出家，我早料到，機會命運把她放在那樣的生活裡，你想有什麼路可以走，除去當姑子以外？不過當姑子並不算什麼傷心。人都得有個職業，她要專心辦學，自然出家比嫁人更好。在學校當過五、六年校長，不嫁，還不是和姑子一樣？更好的是，若她當了正式姑子，她可以享許多利益（辦事上的和學業上的），當然是好。我總想著，她若離開那樣的環境，也許不至於出家，但往哪裡去找更合適、更永久的事給她呢？不必傷心，提防蕙君跟她學，那是要緊。

上次寄給你的那印度女子（像），她父親已經給她找著一個女婿，不過還沒下定。此地風俗，嫁女得預備很多錢。因為女婿可以要求陪嫁（不是嫁妝），有時要求過多，娘家不能給，婚事便吹了。此女已找過幾主，人家要她兩千陪嫁，她父親出不起，所以沒成。陪嫁是交給女兒帶過來的現款，除此以外，禮費妝奩還要。所以女兒在此真是「賠錢貨」。男子可以不送聘金，得妻兼得財。我也很想幹一幹，你說好不好？

昨天晚上去看印度戲，是翻譯歐洲的劇本。情趣與中國的新劇一樣，男女合演，在他們是破天荒。

我想在六月中旬離開此地，若沒錢就一直回國，若有富裕，便到各處走走（期間兩星期左右）。我還沒到當到的地方去咧。此信到時還可以回信，若過五月二十，請不要寄常信，信走四星期才能到此，寄飛機信或打電報都可以。

現在要到一個花園去同那女子照相。她哥哥要我代她照一個好的，為的是可以給人看。

告訴小苓這是爸爸。②

醜　四月二十九日

十五

妻子：

我四月二十四日去信大致說了燕京大學不是久留之地，總有一天他們會開除我。你知道，我讀在燕京，我教在燕京，我生活在燕京，我尊敬燕京的老師，我愛護燕京的學生，對母校燕京是有感情的。但對燕京當局的種種措施不能容忍，我決心要離開。我告訴過你，緬甸大學邀我去教書，我又想組織電影經理處，又想辦研究院。最後決定還是辦一個中學切合實際，中學是基礎教育，可以為高一級學校或專科學校培養後備軍。而且你又是中學教師，我們同心協力建設一個最理想的中學。這個建議你贊同嗎？來信告訴我。

你問我除研究梵文和印度哲學外還做些什麼，你知道我一天總是在圖書館的時候多，過去在牛津大學人們開玩笑叫我書蟲，書蟲是蛀書的，但是讀書讀到深邃倒是我所樂為的，假使我的財力和事業能允許我，我願意在牛津做一輩子書蟲，做書蟲也是不容易的，須要具備許多條件。我沒有條件，只是抱著讀得一日便得一日之益的心志。

好人！你看我的書齋名面壁齋，過去我沒向你解釋，就是心無二用、目無斜視的讀書。這樣才能專心致志，武裝自己的頭腦，才能廣博知識，明析道理，堅持革命精神經久不惑且愈堅。

我除讀書外還寫寫小說，過去在家裡寫好了你代我抄，現在寫好了還要自己抄，有時抄得手腕都痛起來。我想還是把初稿寄給你，你代抄，還可以讓你先看看，也可以提提修改的意見。

今日就寫到這裡。

地山　四月三十日

十六

六妹：

昨天才寄你一信，今天一早起來，想起了是五一國際勞動節。這個節日是我們夫婦喜慶的日子。你記得嗎？是我們結婚的第六周年紀念日。不知你們在家慶祝沒有？我們每個紀念日全家都照一張照片，等我回家時再照吧。

記得我在日記本上寫的「風和日麗，我們幸福地開始共同生活」。你建議在中山公園來今雨軒舉行婚禮，為紀念我同鄭振鐸等十二人創辦文學研究會成立大會的所在。那些參加祝賀的朋友親戚們如蔡孑民、陳援庵、熊佛西、朱君允和田漢、周作人等如仍在北京，有空去拜訪拜訪他們，也代我向他們致意。

你的好伴地山哥　五月一日

十七

六妹，好伴兒：

今天接到你四月十三日的信，想那封飛機信是丟了。昨天接北京匯來英金三十鎊，大概是燕京來的，今天不能取，到明天才能知道。那封丟了的信，你大概是告訴我小說稿接到了。方才又接到上海的信，傅東華來說，說小說稿已接到，登在七月號上。上兩信給你說的電影計畫，進行了沒有？我看是很有希望，你想怎樣？哥七月底準到家，若錢來得早，早走，也許六月初離此地，遊行二星期，七月中到平。

（原信中脫落一段）……妹看好不好？妹請人寫起來，掛在臥房裡，好不好？「①夫婦間，凡事互相忍耐；②如意見不合，在說大聲話以前，各人離開一會；③各以誠意相待；④每日工作完畢，夫婦當互給肉體和精神的愉快；⑤一方不快時，他方當使之忘卻；⑥上床前，當互省日間未了之事及明日當做之事。」還有一兩條，不甚重要，不必寫。妹妹，你想這幾條好不好，咱們試試吧。哥實在沒給妹委屈，平心而論。但以後，無論如何，咱們不會再爭吵了，我敢保，我知道妹真愛我。

妹，你應當告訴我的許多事，都沒告訴我，我在此地，要像在家一樣知道家裡的事。蕙君常來嗎，老太爺心境如何？楙，為何不寫信？

醜　五月六日

十八

六妹子：

等你的信，到如今還未接到，我有一點著急了。這幾個月用了不少錢，只希望佛教會能津貼一點，但到如今，一點資訊也沒有。○○先生也沒回信，「輕諾必寡信」是意中事，我決定錢來便走。地方也不多走了。家裡還有許多手尾未了，如道教史、厭勝錢，印度小說等等都要趕著做，所以早回家也好。此信到時，如還籌不著錢，即想法電匯四十鎊做路費到上海，回家後再說。今天是十四，此信大概得六月初才能到平，所以在這封信到時，沒有給你回信的時間了。香港來信說你寄去五元，信沒收到，錢卻收到了，等你的信哪。

昨天上獅子堡去。此堡離城不遠，出海四千多尺，風景很好。那個印度女子到別的地方去了，她父親因為有一主要求嫁妝太多，又沒成功，所以又帶著她到孟買去。在印度生女，真是個「賠錢貨」，嫁妝論錢，並非像中國的家私，並且是給女婿的！所以一不成，為父親的得帶著女兒到處去找「主兒」。通常女子是要受男子或男家人試驗和面看的。我不喜歡她哥哥和她父親，因為他們淨占我便宜，一進我屋裡，能吃的，不問主人，都給吃光了。我早沒想到印度是個饞地方，饞到連蒼蠅也吃起鹽來了！在飯廳裡，我真沒法轟它們，醬和油鹽一不留意，準有蒼蠅來光顧。蟲猶如此，何況人乎！她父親叫我寫信給你，寄點北京醬品來給他吃，真不客氣！我沒見過這樣人。

……

地山　五月十四日

十九

六妹子：

接到五月一日的飛遞信。同時收到燕京兩封，一是傅晨光先生的，一是會計處的，說的都是關於錢的事。學校只應許借，因為原許的二千美金已經用完，金水落得厲害，所以不敷。這也不能怪學校，不過借薪水在此地用，有點不上算，還是去催催〇〇〇，多少總籌一點來做路費。燕京借錢照例要算利息，你得提防，你告訴傅晨光，我把《道教史》交給商務印書館，他寫信來說我應當先問哈佛燕京社要不要，因為所有我的作品，哈佛燕京有權先印。這一來，連小說都要算在內。咱吃他幾百塊，還要吐東西還給他，實在有點不願意。我要寫信給傅晨光先生，如果學社要，得給錢。告訴吳文藻先生，說不要給我定功課，我來學年不教書。我真想自己出來幹一幹，燕京是靠不住的。

錢到得早時，我準於六月中（此信到時）離開孟買，一直到香港。我還要回漳州把那些東西帶回家，所以七月十日左右便可以到家。至於寫信怎寄的問題，我以後定了船期，你便可以由船公司轉。以後再告訴你吧。近來心煩得很，有時自己生氣。

哥　五月十二日

二十

六妹子：

五月九日和十四日的信都接到了，我現在只等款，款一來，馬上就走。這封是最後的飛機信，此後還是每星期一給你信，你可以不必回信。若我的船位定好了，你可由飛機遞到各埠船公司轉給我。

寫信給老太爺，我自從到這裡來，一步也沒走開，沒什麼可報告的。許多地方應當去的都還沒去。上星期趕著雨季之前到阿前多和伊羅去參拜佛教遺跡，用了一百元左右。在伊羅洞外約十里的叢林中遇見一隻約一丈長（連尾巴）的大豹，險些性命丟給豹做大餐。那天（五月二十七）在道上遇見許多小野獸，因為洞離城市十七英里，我同一個學生坐馬車去的，馬車走三點鐘才到。回來時，日已平西，過那叢林，已不見太陽，正是猛獸出來找吃的時候。車上三個人，一面走一面談，忽然車夫嚷說：「看！老虎在道上走！怎辦？」那時已是黃昏後，幸虧是月明時候，車夫也有經驗，他說：「坐定了，提防著」把馬鞭了一下，走近那大豹約十碼之地，車夫鞭車篷，發出大響聲。那豹一雙大眼睛看著我們，搖著尾巴，慢慢走到溪邊去了。車夫看的是老虎。我看的是豹，可惜光不足，不然照一張相片回家，多麼有意思！當時並不覺危險，事後越想越玄，幾乎晚上都睡不著，回家躺了好幾天。那同走的學生太不關心，在走以前，我買了一本指導書（本地文）叫他先看，看明白了再走，他沒看。到那晚上，回家，他才翻起來看，說：「指導書裡也說在太陽未落山以前就得離開洞口，道上時常有野獸來往。」我聽了，真是有氣。印度人的不負責任，從這一點就可以看出來。還有一種愛佔便宜的習慣，更令人看不慣。這宿舍，因為暑假，只住著四個人（連我算），那三個人，短什麼東西，都到我屋裡來借、來取，像我是他們的管家。胰子、牙膏、洋蠟、墨水、郵票、信封、信紙等等，凡日用所需，應備的都不自己去買，等我買回來，他們要現成。有時自己有，留著，先用別人的。有一天，出門，用旱傘，那個女學生的哥哥來說：「請把旱傘借我使使。」我說：「我的旱傘有一點破，不好使，你還是使你自己的罷。」因為我知道他有。他說：「我的也有點破，反正你是要修理的，多裂一點，並不多花錢。」從我手裡硬奪過去。你說世上真有這樣人！出門去玩，吃東西，坐車，若是用他們的錢，回家一個子也算得清清楚楚，若是用我的，就當我請了客！在這裡住的，個個家裡都是十幾廿萬家事的子弟，還是這樣酸，其他可想。所以這幾個月，住在此地，天天都有氣，我又面軟，不便說什麼，又不願意得罪他們，這使他們想著我比他們更有錢。

燕京的房子，是不是「四美軒」或「三松堂」後面的那座？沒自來水，可以把現在的抽水機移出去，錢要燕京花，把那水機送燕京都可以，但要高水池和水管。海甸地低，用不著打多深，所以水櫃可以放在房頂上。

《藏經》消息又沉了，我想還是找李鏡池，分期交款辦法本可以辦，你主張（一次交款）不成，也許他們不要了，你可寫信到上海。叫有騫先把書寄去，我到廣州再同鏡池交涉，或是你寫信給鏡池，應許他分期交款，看他怎回答。那書不賣，恐怕以後越難出去。日本金水跌得低，他們也許可以直接去訂。

我定十五六離開此地，到孟買去定船。看這光景，是不能遊歷了。到現在錢還沒來，叫我真沒辦法。這次買船票先到香港廣州再住幾天，轉回漳州，把幾盆蘭花帶回來。我還要到南京去，找幾個朋友。所以頂快也得七月中才能到家。

我身邊只剩下三百盧比，若買三等票，也可以到香港。這兩天就得定船位，下星期若錢還不來，真得定三等。日本船便宜，可不敢坐。歐洲船三等，不曉得怎樣，還得打聽。如有美國總統船，三等也可以。大概我會搭三等回家，我想我沒來由借錢坐二等。

再談吧。

地山　六月九日

正要發信，又接你五月十五的信，知道燕京許補一千。我想這便夠了，不必再求什麼人了。佛教會，有也好，沒便罷，用人的錢又得為人做報告。湯薌銘先生可以去見見。〇〇的話是靠不住的，他也是找朱子橋。

二十一

六妹子：

五月二十八的信收到了，我定於後天到孟買去，過幾天再回普那見見甘地，然後到戈亞為七妹子和蕙君求福去。從戈亞再到痲德拉斯探探古黃支國的遺跡，有工夫再到南海普陀落迦山（真普陀山）去拜拜觀音菩薩。從普陀山到那伽拔檀城搭船到檳榔嶼，大概這個月底可以到檳榔，從那裡渡海到蘇門搭拉拜先父（你的公公），和祖宗的墓，再回到檳榔嶼候船回國。在檳榔嶼有中國船往來廈門、仰光間，二等船不過一百元左右，所以為省錢起見不得不等。我會住在舊友陳少蘇先生家裡，若是船期不合適，也許住長一些，但最多不過兩星期，不用花什麼錢，時間是現成，住幾天怕什麼？七月中準在廣州，住一兩天，回廈門取東西，住兩三天，有船便走，大概得七月底才能到家。七月中你可以寄信到香港陳作熙先生處轉給我。我上船把行李放在他那裡，進廣州去一下。何椿年要我帶些南洋果種，去交割清楚，馬上上船。也許隨著原船到廈門（中國船在香港多半停三天）。檳榔嶼位址，可以不必給你，因為寫信來不及。但萬一有要緊事，要打電報，即將陳少蘇先生轉（地址略）。英文用廈門話拼音，南洋以福建話為國語。五妹回家有何貴幹？恐怕我到平，蕙君已回青島去，你留著她，等到我回來好不好？我也要到山東去一去。因為我這次的遊記，用孔子做主角。我是跟孔子遊歷的人，書名大概就用《孔子西遊記》。漂亮不漂亮？內容豐富，裕有興趣，沒眼睛的可以不用看。曲阜沒到過，所以頭一章還沒動手。

我已打電給燕京，叫把款電匯來此，我就用這三十鎊做路費了，別的財源恐怕要等到黃河清才能出現吧。

此信由陳作熙轉飛遞，想可早到。方才看報，日本副領事在南京失蹤，恐怕又要出亂子。

地山　六月十三日

二十二

六妹子：

因為燕京的錢來遲了，昨天開的船搭不上，又要等兩個星期才有船，你看這耽誤多少事！我定的是十六離開此地，十九在庥德拉斯上船（普那到庥德拉斯就像北京到上海那麼遠），到昨天才接銀行的通知單，今天下午去取，無形中叫我損失兩鎊電費，還加上兩星期的用費。到檳榔後，船期又不一定，也許還要等兩個星期。中國船便宜，我不得不等，所以頂快得八月初才能到家，越想越有氣。現在定二十四離開此地到戈亞去，十七八到庥德拉斯，七月三日下船，十二到檳榔嶼，假如十五六有船，那就最好不過，不然，要等到二十幾也不一定。那時候，恐怕路費又不夠了，怎辦？出外耽誤一天，就會生出許多意外的麻煩。本來可以從孟買走，不過從那裡走的都是大船，價錢貴得多。日本船不敢搭，不然，本月二十六有一隻到上海去。

離開麻德拉斯不再打電了，打一次得花二十元左右。到檳榔嶼給你寄飛機信，但在七月十三日左右準在檳榔，有信寄前信所給位址便可以。

地山　普那六月二十日

二十三

六妹：

戈亞的信想已收到。到麻城已三日，船明天走，十三到檳城，住幾天，再到日里去省墓，離檳城時當在本月底也。（誰叫你不寄錢？）

在戈亞，買了些東西給七妹子和蕙君，在麻城買了些給文子和小苓的東西，花了二十多盧比，回家要同你算帳。此地人心太壞，動不動就要賞錢，車夫隨時隨地都想介紹女人給你，他說：「又省錢又美，先生也找一個罷！」可惜你沒來，不然咱們可以多看此怪像。

昨天到古黃支國去，走了一天，到深夜才回來。今天下午青年會要我談中國，義不容辭，就得賣力。還是普那那位咱們送他東西的 **Parulekar** 先生好，臨走時送我五十大盧比程儀，了不得的人情，若沒有他送我的那筆錢，戈亞是去不了的。再談罷。多等幾天，吾就到家了。

你的哥　七月二日

二十四

六妹子：

在船上十天，十二到檳榔嶼，二十左右有一隻船（中國船）到廈門去，所以得在此地候十幾天。我打算下星期二（十七）到棉蘭去看父親的墳墓，十九回來搭船，一切都已辦妥了。進荷蘭屬地要錢和人擔保，錢是合中國錢二百元，人要殷商。我身上只剩一百元左右，朋友已為我想了法子。中國船我可以坐三等，到廈門不過七八十元，可是慢，比英法郵船要遲到一個星期，錢又省一百多，大概在二十七八船能到香港。你有話可以由陳家轉。

仰光大學要我去當漢文教授，我暫時不發表意見，先回家看看情況再說。此地風景極佳，全島十分之八是中國人，以福建人為多。我住的地方是中國人開的中學（鐘靈中學），位於Macatisterst，許多國民黨要人都在此住過，因為本來是間革命黨的閱書報社。

中國情形，閱報可知一二。

即頌

時祉

地山　七月十四日

二十五

六妹子：

昨天到棉蘭，看看父親的墳地，那地點雖然不錯，可是墳做得太壞，連碑字都刻錯了。老二當時在這裡，我不曉得他監的是什麼工。看報知道劉半農於前天逝世，他曾應許我要給我厭勝錢看，他收的也很多，恐怕他身後家裡的人又賣出去。（原信缺）……

今天搭船去檳榔嶼，明天有船開廈門，是一隻中國船「豐慶」。我買的是統艙，大概十幾塊錢便可以從檳榔到廈門。若搭外國船，一定不能坐三等，二等最少也得二十五鎊，你看差多遠。不過此船很慢，比起外國船要遲到三、四天，船又老，在海上常出險。除此以外，倒沒什麼。若是明天開船的話，二十一到得了新加坡，三十左右到香港，八月三日左右到廈門，到漳州取蘭花，住三兩天，有船到上海便走，大概十幾才能到家，等著罷。（這是大熬人！）義大利船從新加坡五天可到上海，多快！

在蘇門答拉棉蘭愛同俱樂部

地山爺　七月十八日

二十六

六妹：

今天到香港，接你催人回家的信。當然不敢在外久留，船明天開廈門，大後天（八月一日）可到。到廈門有船便走，大概芒沙力或芒沙丹尼走星期五，所以下下星期一（六七號）可到上海。如船到得早，便趕車直上北京。此行帶了一個新加坡的華僑學生，姓林的，他哥哥的意思是要他住在咱們家裡，他要考清華或燕京。我想你叫作新想想法子，住輔仁也成。這林姓學生紈絝氣很重，不過他哥哥是老二和我的老朋友，大義難辭，得為他想法子。海行十餘天，有點疲，今天打算住客棧（香港大雨，弄得我像落水雞。現在陳作熙先生處，他家沒地方），別的朋友也不想找了，麻煩人家，有點過意不去。也許我到家時此信還沒到呢，漫寫而已。

老太爺到底是什麼病，要緊不？等我回來，他也許好了。

專此敬頌

妝安

地山　七月二十七日

注①：Rafmowily 和第八封信中的 Rabinowits 係指同一人。原文有誤。

注②：此信後原附有許地山的自畫像。

情書一封

六小姐：

自識蘭儀，心已默契，故每瞻玉度則愉慰之情甚於饑療渴止。但以城郊路遙不便時趨妝次，表示眷慕私情，因是縈回於苦思，甜夢間未能解絲毫，即案上寶書亦為君掩盡矣。本月二十六日少得一日之暇，如君不計其唐突，敢於上午十一時趨府，侍君與令七妹先至公園一遊，然後往觀幕劇，專此敬約。萬祈賜諾。

順頌

學安

七小姐乞為吮名問候

許贊堃　謹白

（一九二八年）十二月十九日

注：此信錄自宋益喬著《追求終極的靈魂（許地山傳）》一〇五頁（海峽文藝出版社一九八九年版）、六小姐，指周俟松。許地山和周俟松於一九二八年初經劇作家熊佛西介紹相識、相愛，次年五月一日結婚。此信是許地山寫給周俟松的第一封信。

讀《芝蘭與茉莉》因而想及我的祖母

正要到哥倫比亞的檢討室裡校閱梵籍，和死和尚爭虛實，經過我的郵筒，明知每次都是空開的，還要帶著希望姑且開來看看。這次可得著一卷東西，知道不是一分鐘可以念完的，遂插在口袋裡，帶到檢討室去。

我正研究唐代佛教在西域衰滅的原因，翻起史太因在和闐所得的唐代文契，一讀馬令痣同母黨二娘向護國寺僧虎英借錢的私契，婦人許十四典首飾契，失名人的典婢契等等，雖很有趣，但掩卷一想，恨當時的和尚只會營利，不顧轉法輪，無怪紇一人，便爾掃滅無餘。

為釋迦文擔憂，本是大愚：會不知成、住、壞、空，是一切法性？不看了，掏出口袋裡的郵件，看看是什麼罷。

《芝蘭與茉莉》

這名字很香呀！我把紙筆都放在一邊，一氣地讀了半天工夫——從頭至尾，一句一字細細地讀。這自然比看唐代死和尚的文契有趣。讀後的餘韻，常繞繚於我心中；像這樣的文藝很合我情緒的胃口似的。

讀中國的文藝和讀中國的繪畫一樣。試拿山水——西洋畫家叫做「風景畫」——來做個例：我們打稿（Composition）是鳥瞰的、縱的，所以從近處的溪橋，而山前的村落，而山後的帆影，而遠地的雲山；西洋風景畫是水準的、橫的，除水準線上下左右之外，理會不出幽深的、綿遠的興致。所以中國畫宜於縱的長方，西洋畫宜於橫的長方，文藝也是如此：西洋人的取材多以「我」和「我的女人或男子」為主，故屬於橫的、夫婦的；中華人的取材多以「我」和「我的父母或子女」為主，故屬於縱的、親子的。描寫親子之愛應當是中華人的特長；看近來的作品，究其文心，都涵這唯一義諦。

愛親的特性是中國文化的細胞核，除了它，我們早就要斷髮短服了！我們將這種特性來和西洋的對比起來，可以說中華民族是愛父母的民族；那邊歐西是愛夫婦的民族。因為是「愛父母的」，故敘事直貫，有始有終，源源本本，自自然然地說下來。這「說來話長」的特性——很和拔絲山藥一樣地甜熱而粘——可以從一切作品裡找出來。無論寫什麼，總有從盤古以來說到而今的傾向。寫孫悟空總得從猴子成精說起；寫賈寶玉總得從頑石變靈說起；這寫生生因果的好尚是中華文學的文心，是縱的，是親子的，所以最易抽出我們的情緒。

八歲起，讀《詩經．凱風》和《陟岵》，不曉得怎樣，眼淚沒得我的同意就流下來。九歲讀《檀弓》到「今丘也，東西南北之人也」一段，伏案大哭。先生問我：「今天的書並沒給你多上，也沒生字，為何委屈？」我說：「我並不是委屈，我只傷心這『東西南北』四字。」第二天，接著念「晉獻公將殺其世子申生」一段，到「天下豈有無父之國哉？」又哭。直到於今，這「東西南北」四個字還能使我一念便傷懷。我嘗反省這事，要求其使我哭泣的緣故。不錯，愛父母的民族的理想生活便是在這裡生、在這裡長、在這裡聚族、在這裡埋葬，東西南北地跑當然是一種可悲的事了。因為離家、離父母、離國是可悲的，所以能和父母、鄉党過活的人是可羨的。無論什麼也都以這事為準繩：做文章為這一件大事做，講愛情為這一件大事講，我才理會我的「上墳癮」不是我自己所特有，是我所屬的民族自盤古以來遺傳給我的。你如自己念一念「可愛的家鄉啊！我睡眼蒙矓裡，不由得不樂意接受你歡迎的誠意。」和「明兒……你真要離開我了麼？」應作如何感想？

愛夫婦的民族正和我們相反。夫婦本是人為，不是一生下來就鑄定了彼此的關係。相逢盡可以不相識，只要各人帶著，或有了各人的男女欲，就可以。你到什麼地方，這欲跟到什麼地方；他可以在一切空間顯其功用，所以在文心上無需溯其本源，究其終局，幹乾脆脆，Just a word，也可以自成段落。愛夫婦的心境本含有一種舒展性和侵略性，所以樂得東西南北，到處地跑。夫婦關係可以隨地隨時發生，又可以強侵軟奪，在文心上當有一種「霸道」、「喜新」、「樂得」、「為我自己享受」的傾向。

總而言之，愛父母的民族的心地是「生」；愛夫婦的民族的心地是「取」。生是相續的；取是廣延的。我們不是愛夫婦的民族，故描寫夫婦，並不為夫婦而描寫夫婦，是為父母而描寫夫婦。我很少見——當然是我少見——中國文人描寫夫婦時不帶著「父母的」的色彩；很少見單獨描寫夫婦而描寫得很自然的。這並不是我們不願描寫，是我們不慣描寫廣延性的文字的緣故。從對面看，縱然我們描寫了，人也理會不出來。

《芝蘭與茉莉》開宗第一句便是「祖母真愛我！」這已把我的心牽引住了。「祖母愛我」，當然不是愛夫婦的民族所能深味，但它能感我和《檀弓》差不了多少。「垂老的祖母，等得小孩子奉甘旨麼？」子女生活是為父母的將來，父母的生活也是為著子女，這永遠解不開的結，結在我們各人心中。觸機便發表於文字上。誰沒有祖父母、父母呢？他們的折磨、擔心，都是像夫婦一樣有個我性的麼？丈夫可以對妻子說：「我愛你，故我要和你同住。」；或「我不愛你，你離開我吧。」妻子也可以說：「人盡可夫，何必你？」但子女對於父母總不能有這樣的天性。所以做父母的自自然然要為子女擔憂受苦，做子女的也為父母之所愛而愛，為父母而愛為第一件事。愛既不為我專有，「事之不能盡如人意」便為此說出來了。從愛父母的民族眼中看夫婦的愛是為三件事而起，一是繼續這生生的線，二是往溯先人的舊典，三是承納長幼的情誼。

說起書中人的祖母，又想起我的祖母來了。「事之不能盡如人意者，夫復何言！」我的祖母也有這相同的境遇呀！我的祖母，不說我沒見過，連我父親也不曾見過，因為她在我父親未生以前就去世了。這豈不是很奇怪的麼？不如意的事多著呢！愛祖母的明官，你也願意聽聽我說我祖母的失意事麼？

八十年前，臺灣府——現在的臺南——城裡武館街有一家，八個兄弟同一個老父親同住著，除了第六、七、八的弟弟還沒娶以外，前頭五個都成家了。兄弟們有做武官的，有做小鄉紳的，有做買賣的。那位老四，又不做武官又不做紳士，更不會做買賣；他只喜歡念書，自己在城南立了一所小書塾名叫窺園，在那裡一面讀，一面教幾個小學生。他的清閒，是他兄弟們所羨慕，所嫉妒的。

這八兄弟早就沒有母親了。老父親很老，管家的女人雖然是妯娌們輪流著當，可是實在的權柄是在一位大姑手裡。這位大姑早年守寡，家裡沒有什麼人，所以常住在外家。因為許多弟弟是她幫忙抱大的，所以她對於弟弟們很具足母親的威儀。

那年夏天，老父親去世了。大姑當然是「閫內之長」，要督責一切應辦事宜的。早晚供靈的事體，照規矩是媳婦們輪著辦的。那天早晨該輪到四弟婦上供了。四弟婦和四弟是不上三年的夫婦，同是二十多歲，情愛之濃是不消說的。

大姑在廳上嚷：「素官，今早該你上供了。怎麼這時候還不出來？」

居喪不用粉飾面，把頭髮理好，也毋需盤得整齊，所以晨妝很省事。她坐在妝臺前，嚼檳榔，還吸一管旱煙。這是臺灣女人們最普遍的嗜好。有些女人喜歡學士人把牙齒染黑了，她們以為牙齒白得像狗的一樣不好看，將檳榔和著葉、熟灰嚼，日子一久，就可以使很白的牙齒變為漆黑。但有些女人是喜歡白牙的，她們也嚼檳榔，不過把灰滅去就可以。她起床，漱口後第一件事是嚼檳榔，為的是使牙齒白而堅固。外面大姑的叫喚，她都聽不見，只是嚼著，還吸著煙在那裡出神。

四弟也在房裡，聽見姊姊叫著妻子，便對她說：「快出去罷。姊姊要生氣了。」

「等我嚼完這口檳榔，吸完這口煙才出去，時候還早咧。」

「怎麼你不聽姊姊的話？」

「為什麼要聽你姊姊的話？你為什麼不聽我的話？」

「姊姊就像母親一樣。丈夫為什麼要聽妻子的話？」

「『人未娶妻是母親養的，娶了妻就是妻子養的』，你不聽妻子的話，妻子可要打你，好像打小孩子一樣。」

「不要臉，哪裡來得這麼大的孩子！我試先打你一下，看你打得過我不。」

老四帶著嬉笑的樣子，拿著拓扇向妻子的頭上要打下去。妻子放下煙管，一手搶了扇子，向著丈夫的額頭輕打了一下，「這是誰打誰了！」

夫婦們在殯前是要在孝堂前後的地上睡的，好容易到早晨同進屋裡略略梳洗一下，借這時間談談。他對於享盡天年的老父親的悲哀，自然蓋不過對於婚媾不久的夫婦的歡愉。所以，外頭雖然盡其孝思，裡面的「琴瑟」還是一樣地和鳴。中國的天地好像不許夫婦們在喪期裡有談笑的權利似的。他們在鬧玩時，門簾被風一吹，可巧被姊姊看見了。姊姊見她還沒出來，正要來叫她，從布簾飛處看見四弟婦拿著拓扇打四弟，那無明火早就高起了一萬八千丈。

「哪裡來的潑婦，敢打她的丈夫！」姊姊生氣嚷著。

老四慌起來了。他挨著門框向姊姊說：「我們鬧玩，沒有什麼事。」

「這是鬧玩的時候麼？怎麼這樣懦弱，叫女人打了你，還替她說話？我非問她外家，看看這是什麼家教不可。」

他退回屋裡，向妻子伸伸舌頭，妻子也伸著舌頭回答他。但外面越呵責越厲害了。越呵責，四弟婦越不好意思出去上供，越不敢出去越要挨罵，妻子哭了。他在旁邊站著，勸也不是，慰也不是。

她有一個隨嫁的丫頭，聽得姑太越罵越有勁，心裡非常害怕。十三四歲的女孩，哪裡會想事情的關係如何？她私自開了後門，一直跑回外家，氣喘喘地說：「不好了！我們姑娘被他家姑太罵得很厲害，說要趕她回來咧！」

親家爺是個商人，頭腦也很率直，一聽就有了氣，說：「怎樣說得這樣容易——要就娶去，不要就扛回來？誰家養女兒是要受別人的女兒欺負的？」他是個雜貨行主，手下有許多工人，一號召，都來聚在他面前。他又不打聽到底是怎麼一回事，對著工人們一氣地說：「我家姑娘受人欺負了。你們替我到許家去出出氣。」工人一轟，就到了那有喪事的親家門前，大興問罪之師。

裡面的人個個面對面呈出驚惶的狀態。老四和妻子也相對無言，不曉得要怎辦才好。外面的人們來得非常橫逆，經兄弟們許多解釋然後回去。姊姊更氣得凶，跑到屋裡，指著四弟婦大罵特罵起來。

「你這潑婦，怎麼這一點點事情，也值得叫外家的人來干涉？你敢是依仗你家裡多養了幾個粗人，就來欺負我們不成？難道你不曉得我們詩禮之家在喪期裡要守制的麼？你不孝的賤人，難道丈夫叫你出來上供是不對的，你就敢用扇頭打他？你已犯七出之條了，還敢起外家來鬧？好，要吃官司，你們可以一同上堂去，請官評評。弟弟是我抱大的，我總可以做抱告。」

妻子才理會丫頭不在身邊。但事情已是鬧大了，自己不好再辯，因為她知道大姑的脾氣，越辯越惹氣。

第二天早晨，姊姊召集弟弟們在靈前，對他們說：「像這樣的媳婦還要得麼？

我想待一會，就扛她回去。」這大題目一出來，幾個弟弟都沒有話說，最苦的就是四弟了。他知道「扛回去」就是犯「七出之條」時「先斬後奏」的辦法，就顫聲地向姊姊求情。姊姊鄙夷他說：「沒志氣的懦夫，還敢要這樣的婦人麼？她昨日所說的話我都聽見了。女子多著呢，日後我再給你挑個好的。我們已預備和她家打官司，看看是禮教有勢，還是她家工人的力量大。」

當事的四弟那時實在是成了懦夫了！他一點勇氣也沒有，因為這「不守制」、「不敬夫」的罪名太大了，他自己一時也找不出什麼話來證明妻子的無罪，有赦免的餘地。他跑進房裡，妻子哭得眼都腫了。他也哭著向妻子說：「都是你不好！」

「是，……是……我我……我不好，我對對……不起你！」妻子抽噎著說。丈夫也沒有什麼話可安慰她，只挨著她坐下，用手撫著她的脖項。

果然姊姊命人雇了一頂轎子，跑進房裡，硬把她扶出來，把她頭上的白麻硬換上一縷紅絲，送她上轎去了。這意思就是說她此後就不是許家的人，可以不必穿孝。

「我有什麼感想呢？我該有怎樣的感想呢？懦夫呵！你不配靦顏在人世，就這樣算了麼？自私的我，卻因為不貫徹無勇氣而陷到這種地步，夫復何言！」一當時他心裡也未必沒有這樣的語言。他為什麼懦弱到這步田地？要知道他原不是生在為夫婦的愛而生活的地方呀！

王親家看見平地裡把女兒扛回來，氣得在堂上發抖。女兒也不能說什麼，只跪在父親面前大哭。老親家口口聲聲說要打官司，女兒直勸無需如此，是她的命該受這樣折磨的，若動官司只能使她和丈夫吃虧，而且把兩家的仇恨結得越深。

老四在守制期內是不能出來的。他整天守著靈想妻子。姊姊知道他的心事，多方地勸慰他。姊姊並不是深恨四弟婦，不過她很固執，以為一事不對就事事不對，一時不對就永遠不對。她看「禮」比夫婦的愛要緊。禮是古聖人定下來，歷代的聖賢親自奉行的。婦人呢？這個不好，可以挑那個。所以夫婦的配合只要有德有貌，像那不德、無禮的婦人，盡可以不要。

出殯後，四弟仍到他的書塾去。從前，他每夜都要回武館街去的，自妻去後，就常住在窺園。他覺得一到妻子房裡冷清清地，一點意思也沒有，不如在書房伴著書眠還可以忘其愁苦。唉，情愛被壓的人都是要伴書眠的呀！

天色晚，學也散了。他獨在園裡一棵芒果樹下坐著發悶。妻子的隨嫁丫頭藍從園門直走進來，他雖熟視著，可像不理會一樣。等到丫頭叫了他一聲：「姑爺」，他才把著她的手臂，如見了妻子一般。他說：「你怎麼敢來？……姑娘好麼？」

「姑娘命我來請你去一趟。她這兩天不舒服，躺在床上哪，她吩咐掌燈後才去，恐怕人家看見你，要笑話你。」

她說完，東張西望，也像怕人看見她來，不一會就走了。那幾點鐘的黃昏偏又延長了，他好容易等到掌燈時分！他到妻子家裡，丫頭一直就把他帶到樓上，也不敢叫老親家知道。妻子的面比前幾個月消瘦了，他說：「我的……」，他說不下去了，只改過來說：「你怎麼瘦得這個樣子！」

妻子躺在床上也沒起來，看見他還站著出神，就說：「為什麼不坐，難道你立刻要走麼？」她把丈夫揪近床沿坐下，眼對眼地看著，丈夫也想不出什麼話來說，想分離後第一次相見的話是很難起首的。

「你是什麼病？」

「前兩天小產了一個男孩了！」

丈夫聽這話，直像喝了麻醉藥一般。

「反正是我的罪過大，不配有福分，連從你得來的孩子也不許我有了。」

「不要緊的，日後我們還可以有五六個。你要保養保養才是。」

妻子笑中帶著很悲哀的神彩說：「癡男子，既休的妻還能有生子女的榮耀麼？」這時，丫頭遞了一盞龍眼乾甜茶來。這是臺灣人待生客和新年用的禮茶。

「怎麼給我這茶喝，我們還講禮麼？」

「你以後再娶，總要和我生疏的。」

「我並沒休你。我們的婚書，我還留著呢。我，無論如何，總要想法子請你回去的；除了你，我還有誰？」

丫頭在旁邊插嘴說：「等姑娘好了，立刻就請她回去罷。」

他對著丫頭說：「說得很快，你總不曉得姑太和你家主人都是非常固執，非常喜歡賭氣，很難使人進退的。這都是你弄出來的。事已如此，大復何言！」

小丫頭原是不懂事，事後才理會她跑回來報信的關係重大。她一聽「這都是你弄出來的」，不由得站在一邊哭起來。妻子哭，丈夫也哭。

一個男子的心志必得聽那寡後回家當姑太的姊姊使令麼？當時他若硬把妻子留住，姊姊也沒奈他何，最多不過用「禮教的棒」來打他而已。但「禮教之棒」又真可以打破人的命運麼？那時候，他並不是沒有反抗禮教的勇氣，是他還沒得著反抗禮教的啟示。他心的深密處也會像吳明遠那樣說：「該死該死！我既愛妹妹，而不知護妹妹；我既愛我自己，而不知為我自己著想；我負了妹妹，我誤了自己！事原來可以如人意；而我使之不能；我之罪惡豈能磨滅於萬一，然而赴湯蹈火，又何足償過失於萬一呢？你還敢說：『事已如此，夫復何言』麼？」

四弟私會出妻的事，叫姊姊知道，大加申斥，說他沒志氣。不過這樣的言語和愛情沒有關係。男女相待遇本如大人和小孩一樣。若是男子愛他的女人，他對於她的態度、語言、動作，都有父親對女兒的傾向；反過來說，女人對於她所愛的男子也具足母親對兒子的傾向。若兩方都是愛者，他們同時就是被愛者，那是說他們都自視為小孩子，故彼此間能吐露出真性情來。小孩們很願替他們的好朋友擔憂、受苦、用力；有情的男女也是如此。所以姊姊的申斥不能隔斷他們的私會。

妻子自回外家後，很悔她不該貪嚼一口檳榔，貪吸一管旱煙，致誤了靈前的大事。此後，檳榔不再入她的口，煙也不吸了。她要為自己的罪過懺悔，就吃起長齋來。就是她親愛的丈夫有時來到，很難得的相見時，也不使他挨近一步，恐怕玷了她的清心。她只以念經繡佛為她此生唯一的本分，夫婦的愛不由得不壓在心意的崖石底下。

十幾年中，他只是希望他岳丈和她姊姊的意思可以挽回於萬一。自己的事要仰望人家，本是很可憐的。親家們一個是執拗，一個是賭氣，因之光天化日的時候難以再得。

那晚上，他正陪姊姊在廳上坐著，王家的人來叫他。姊姊不許說：「四弟，不許你去。」

「姊姊，容我去看她一下罷。聽說她這兩天病得很厲害，人來叫我，當然是很要緊的，我得去看看。」

「反正你一天不另娶，是一天忘不了那潑婦的。城外那門親給你講了好幾年，你總是不介意。她比那不知禮的婦人好得多——又美、又有德。」

這一次，他覺得姊姊的命令也可以反抗了。他不聽這一套，逕自跑進屋裡，把長褂子一披，匆匆地出門。姊姊雖然不高興，也沒法揪他回來。

到妻子家，上樓去。她躺在床上，眼睛半閉著，病狀已很兇惡。他哭不出來，走近前，搖了她一下。

「我的夫婿，你來了！好容易盼得你來！我是不久的人了，你總要為你自己的事情打算；不要像這十幾年，空守著我，於你也沒有益處。我不孝已夠了，還能使你再犯不孝之條麼？——『不孝有三，無後為大。』」

「孝不孝是我的事；娶不娶也是我的事。除了你，我還有誰？」

這時丫頭也站在床沿。她已二十多歲，長得越嫵媚、越懂事了。她的反省，常使她起一種不可言喻的傷心，使她覺得她永遠對不起面前這位垂死的姑娘和旁邊那位姑爺。

垂死的妻子說：「好罷，我們的恩義是生生世世的，你看她，」她撮嘴指著丫頭，用力往下說，「她長大了。事情既是她弄出來的，她得替我償還。」

她對著丫頭說：「你願意麼？」丫頭紅了臉，不曉得要怎樣回答。她又對丈夫說：「我死後，她就是我了。你如紀念我們舊時的恩義，就請帶她回去，將來好替我……」

她把丈夫的手拉去，使他摣住丫頭的手，隨說：「唉，子女是要緊的，她將來若能替我為你養幾個子女，我就把她從前的過失都寬恕了。」

妻子死後好幾個月，他總不敢向姊姊提起要那丫頭回來。他實在是很懦弱的，不曉怎樣怕姊姊會怕到這地步！

離王親家不遠住著一位老妗婆。她雖沒為這事擔心，但她對於事情的原委是很明瞭的。正要出門，在路上遇見丫頭，穿起一身素服，手挽著一竹籃東西，她問：「藍，你要到哪裡去？」

「我正要上我們姑娘的墳去。今天是她的百日。」

老妗婆一手扶著杖，一手捏著丫頭的嘴巴，說：「你長得這麼大了，還不回武館街去麼？」丫頭低下頭，沒回答她。她又問：「許家沒意思要你回去麼？」從前的風俗對於隨嫁的丫頭多是預備給姑爺收起來做二房的，所以妗婆問得很自然。丫頭聽見「回去」兩字，本就不好意思，她雙眼望著地上，搖搖頭，靜默地走了。

妗婆本不是要到武館街去的，自遇見丫頭以後，就想她是個長輩之一，總得贊成這事。她一直來投她的甥女，也叫四外甥來告訴他應當辦的事體。姊姊被妗母一說，覺得再沒有可固執的了，說：「好罷，明後天預備一頂轎子去扛她回來就是。」

四弟說：「說得那麼容易？要總得照著娶繼室的禮節辦；她的神主還得請回來。」

姊姊說：「笑話，她已經和她的姑娘一同行過禮了，還行什麼禮？神主也不能同日請回來的。」

老妗母說：「扛回來時，請請客，當做一樁正事辦也是應該的。」

他們商量好了，兄弟也都贊成這樣辦。「這種事情，老人家最喜歡不過。」老妗母在辦事的時候當然是一早就過來了。

這位再回來的丫頭就是我的祖母了。所以我有兩個祖母，一個是生身祖母，一個是常住在外家的「吃齋祖母」——這名字是母親給我們講祖母的故事時所用的題目。又「丫頭」這兩個字是我家的「聖諱」，平常是不許說的。

我又講回來了。這種父母的愛的經驗，是我們最能理會的。人人經驗中都有多少「祖母的心」、「母親」、「祖父」、「愛兒」等等事蹟，偶一感觸便如懸崖瀉水，從盤古以來直說到於今。我們的頭腦是歷史的，所以善用這種才能來描寫一切的事故。又因這愛父母的特性，故在作品中，任你說到什麼程度，這一點總抹殺不掉。

我愛讀《芝蘭與茉莉》，因為它是源源本本地說，用我們經驗中極普遍的事實觸動我。我想凡是有祖母的人，一讀這書，至少也會起一種回想的。

書看完了，回想也寫完了，上課的鐘直催著。現在的事好像比往事要緊，故要用工夫來想一想祖母的經歷也不能了！大概她以後的境遇也和書裡的祖母有一兩點相同罷。

寫於哥倫比亞圖書館四一三號，檢討室，
十三年二月十日

危巢墜簡

一、給少華

近來青年人新興了一種崇拜英雄的習氣，表現的方法是跋涉千百里去向他們獻劍獻旗。我覺得這種舉動不但是孩子氣，而且是毫無意義。我們的領袖鎮日在戎馬倥偬、羽檄紛遝裡過生活，論理就不應當為獻給他們一把廢鐵鍍銀的中看不中用的劍，或一面銅線盤字的幡不像幡、旗不像旗的東西，來耽誤他們寶貴的時間。一個青年國民固然要崇敬他的領袖，但也不必當他們是菩薩，非去朝山進香不可。表示他的誠敬的不是劍，也不是旗，乃是把他全副身心獻給國家。要達到這個目的，必要先知道怎樣崇敬自己。不會崇敬自己的，絕不能真心崇拜他人。崇敬自己不是驕慢的表現，乃是覺得自己也有成為一個有為有用的人物的可能與希望，時時刻刻地、兢兢業業地鼓勵自己，使他不會丟失掉這可能與希望。

在這裡，有個青年團體最近又舉代表去獻劍，可是一到越南，交通已經斷絕了。劍當然還存在他們的行囊裡，而大眾所捐的路費，據說已在異國的舞娘身上花完了。這樣的青年，你說配去獻什麼？害中國的，就是這類不知自愛的人們哪。可憐，可憐！

二、給樾人

每日都聽見你在說某某是民族英雄，某某也有資格做民族英雄，好像這是一個官銜，凡曾與外人打過一兩場仗，或有過一二分功勞的都有資格受這個徽號。我想你對於「民族英雄」的觀念是錯誤的。曾被人一度稱為民族英雄的某某，現在在此地擁著做「英雄」的時期所榨取於民眾和兵士的錢財，做了資本家，開了一間工廠，驅使著許多為他的享樂而流汗的工奴。曾自詡為民族英雄的某某，在此地吸鴉片，賭輪盤，玩舞女，和做種種墮落的勾當。此外，在你所推許的人物中間，還有許多是平時趾高氣揚、臨事一籌莫展的「民族英雄」。所以說，蒼蠅也具有蜜蜂的模樣，不仔細分辨不成。

魏冰叔先生說：「以天地生民為心，而濟以剛明通達沉深之才，方算得第一流人物。」凡是夠得上做英雄的，必是第一流人物，試問亙古以來這第一流人物究竟有多少？我以為近幾百年來差可配得被稱為民族英雄的，只有鄭成功一個人。他對剛明敏達四德具備，只惜沉深之才差一點。他的早死，或者是這個原因。其他人物最多只夠得上被稱為「烈士」，「偉大」，「名人」罷了。《文子》《微明篇》所列的二十五等人中，連上上等的神人還夠不上做民族英雄，何況其餘的？我希望你先把做成英雄的條件認識明白，然後分析民族對他的需要和他對於民族所成就的勳績，才將這「民族英雄」的徽號贈給他。

三、復成仁

來信說在變亂的世界裡，人是會變畜生的。這話我可以給你一個事實的證明。小汕在鄉下種地的那個哥哥，在三個月前已經變了馬啦。你聽見這新聞也許會罵我荒唐，以為在科學昌明的時代還有這樣的怪事。但我請你忍耐看下去就明白了。

嶺東的淪陷區裡，許多農民都缺乏糧食，是你所知道的。即如沒淪陷的地帶也一樣地鬧起米荒來。當局整天說辦平糶，向南洋華僑捐款，說起來，米也有，錢也充足，而實際上還不能解決這嚴重的問題，不曉得真是運輸不便呢，還是另有緣由呢？一般率直的農民受饑餓的迫脅總是向阻力最小，資糧最易得的地方奔投。小汕的哥哥也帶了充足的盤纏，隨著大眾去到韓江下游的一個淪陷口岸，在一家小旅館投宿，房錢是一天一毛，便宜得非常。可是第二天早晨，他和同行的旅客都失了蹤！旅館主人一早就提了些包袱到當鋪去。回店之後，他又把自己幽閉在帳房裡數什麼軍用票。店後面，一股一股的鹵肉香腸噴放出來。原來那裡開著一家滷味鋪，賣的很香的鹵肉、灌腸、熏魚之類。肉是三毛一斤，說是從營盤批出來的老馬，所以便宜得特別。這樣便宜的食品不久就被吃過真正馬肉的顧客發現了它的氣味與肉裡都有點不對路，大家才同調地懷疑說：大概是來路的馬罷。可不是！小汕的哥哥也到了這類的馬群裡去了！變亂的世界，人真是會變畜生的。

這裡，我不由得有更深的感想。那使同伴在物質上變牛變馬，是由於不知愛人如己，雖然可恨可憐，還不如那使自己在精神上變豬變狗的人們。他們是不知愛己如人，是最可傷可悲的。如果這樣的畜人比那些被食的人畜多，那還有什麼希望呢？

臺灣版後記

為重寫中國兒童文學史做準備

眉睫（簡體版書系策畫）

二○一○年，欣聞俞曉群先生執掌海豚出版社。時先生力邀知交好友陳子善先生參編海豚書館系列，而我又是陳先生之門外弟子，於是陳先生將我點校整理的梅光迪講義《文學概論》（後改名《文學演講集》）納入其中，得以出版。有了這個因緣，我冒昧向俞社長提出入職工作的請求。俞社長看重我對現代文學、兒童文學研究的能力，將我招入京城，並請我負責《豐子愷全集》和中國兒童文學經典懷舊系列的出版工作。

俞曉群先生有著濃厚的人文情懷，對時下中國童書缺少版本意識，且缺少人文氣質頗不以為然。我對此表示贊成，並在他的理念基礎上深入突出兩點：一是以兒童文學作品為主，尤其是以民國老版本為底本，二是深入挖掘現有中國兒童文學史沒有提及或提到不多，但比較重要的兒童文學作品。所以這套「大家小書」，頗有一些「中國現代兒童文學史參考資料叢書」的味道。此前上海書店出版社曾以影印版的形式推出「中國現代文學史參考資料叢書」，影響巨大，為推動中國現代文學研究做了突出貢獻。兒童文學界也需要這麼一套作品集，但考慮到兒童讀物的特殊性，影印的話讀者太少，只能改為簡體橫排了。但這套書從一開始的策劃，就有為重寫中國兒童文學史做準備的想法在裡面。

為了讓這套書體現出權威性，我讓我的導師、中國第一位格林獎獲得者蔣風先生擔任主編。蔣先生對我們的做法表示相當地贊成，十分願意擔任主編，但他畢竟年事已高，不可能參與具體的工作，只能以書信的方式給我提了一些想法，我們採納了他的一些建議。書目的選擇，版本的擇定主要是由我來完成的。總序也由我草擬初稿，蔣先生稍作改動，然後就「經典懷舊」的當下意義做了闡發。可以說，我與蔣老師合寫的「總序」是這套書的綱領。

什麼是經典？「總序」說：「環顧當下圖書出版市場，能夠隨處找到這些經典名著各式各樣的新版本。遺憾的是，我們很難從中感受到當初那種閱讀經典作品時的新奇感、愉悅感、崇敬感。因為市面上的新版本，大都是美繪本、青少版、刪節版，甚至是粗糙的改寫本或編寫本。不少編輯和編者輕率地刪改了原作的字詞、標點，配上了與經典名著不甚協調的插圖。我想，真正的經典版本，從內容到形式都應該是精緻的、典雅的，書中每個角落透露出來的氣息，都要與作品內在的美感、精神、品質相一致。於是，我繼續往前回想，記憶起那些經典名著的初版本，或者其他的老版本——我的心不禁微微一震，那裡才有我需要的閱讀感覺。」在這段文字裡，蔣先生主張給少兒閱讀的童書應該是真正的經典，這是我們出版本套書系所力圖達到的。第一輯中的《稻草人》依據的是民國初版本、許敦谷插圖本的原著，這也是一九四九年以來第一次出版原版的《稻草人》。至於解放後小讀者們讀到的《稻草人》都是經過了刪改的，作品風致差異已經十分大。俞平伯的《憶》也是從文津街國家圖書館古籍館中找出一九二五年版的原著來進行重印的。我們所做的就是為了原汁原味地展現民國經典的風格、味道。

什麼是「懷舊」？蔣先生說：「懷舊，不是心靈無助的漂泊；懷舊也不是心理病態的表徵。懷舊，能夠使我們憧憬理想的價值；懷舊，可以讓我們明白追求的意義；懷舊，也促使我們理解生命的真諦。它既可讓人獲得心靈的慰藉，也能從中獲得精神力量。」一些具有懷舊價值、經典意義的著作於是浮出水面，比如孤島時期最富盛名的兒童文學大家蘇蘇（鍾望陽）的《新木偶奇遇記》；大後方為少兒出版做出極大貢獻的司馬文森的《菲菲島夢遊記》，都已經列入了書系第二批順利問世。第三批中的《小哥兒倆》（淩叔華）《橋（手稿本）》（廢名）《哈巴國》（范泉）《小朋友文藝》（謝六逸）等都是民國時期膾炙人口的大家作品，所使用的插圖也是原著插圖，是黃永玉、陳煙橋、刃鋒等著名畫家作品。

中國作家協會副主席高洪波先生也支持本書系的出版，關露的《蘋果園》就是他推薦的，後來又因丁景唐之女丁言昭的幫助而解決了版權。這些民國的老經典，因為歷史的原因淡出了讀者的視野，成為當下讀者不曾讀過的經典。然而，它們的藝術品質是高雅的，將長久地引起世人的「懷舊」。

經典懷舊的意義在哪裡？蔣先生說：「懷舊不僅是一種文化積澱，它更為我們提供了一種經過時間發酵釀造而成的文化營養。它對於認識、評價當前兒童文學創作、出版、研究提供了一份有價值的參照系統，體現了我們對它們的批判性的繼承和發揚，同時還為繁榮我國兒童文學事業提供了一個座標、方向，從而順利找到超越以往的新路。」在這裡，他指明了「經典懷舊」的當下意義。事實上，我們的本土少兒出版是日益遠離民國時期宣導的兒童本位了。相反地，上世紀二三十年代的一些精美的童書，為我們提供了一個座標。後來因為歷史的、政治的、學術的原因，我們背離了這個民國童書的傳統。因此我們正在努力，力爭推出真正的「經典懷舊」，打造出屬於我們這個時代的真正的經典！

但經典懷舊也有一些缺憾，這種缺憾一方面是識見的限制，一方面是因為審稿意見不一致。起初我們的一位做三審的領導，缺少文獻意識，按照時下的編校規範對一些字詞做了改動，違反了「總序」的綱領和出版的初衷。經過一段時間磨合以後，這套書才得以回到原有的設想道路上來。

欣聞臺灣將引入這套叢書，我想這對於臺灣人民了解大陸的兒童文學是有幫助的。林文寶先生作為臺灣版的序言作者，推薦我撰寫後記，我謹就我所知，記述於上。希望臺灣的兒童文學研究者能夠指出本書的不足，研究它們的可取之處，為重寫兩岸的中國兒童文學史做出有益的貢獻。

二〇一七年十月於北京

眉睫，原名梅杰，曾任海豚出版社策劃總監，現任長江少年兒童出版社首席編輯。主持的國家出版工程有《中國兒童文學走向世界精品書系》（中英韓文版）、《豐子愷全集》《民國兒童文學教育資料及研究》，主編《林海音兒童文學全集》《冰心兒童文學全集》《豐子愷兒童文學全集》《老舍兒童文學全集》等數百種兒童讀物。二〇一四年度榮獲「中國好編輯」稱號。著有《朗山筆記》《關於廢名》《現代文學史料探微》《文學史上的失蹤者》，編有《許君遠文存》《梅光迪文存》《綺情樓雜記》等等。

民國時期經典童書 A0801007

落花生

作　　者 許地山
版權策劃 李　鋒

發 行 人 陳滿銘
總 經 理 梁錦興
總 編 輯 陳滿銘
副總編輯 張晏瑞
編 輯 所 萬卷樓圖書(股)公司
特約編輯 沛　貝
內頁編排 小　草
封面設計 小　草
印　　刷 百通科技(股)公司

出　　版 昌明文化有限公司
　　　　 桃園市龜山區中原街 32 號
電　　話 (02)23216565
發　　行 萬卷樓圖書(股)公司
　　　　 臺北市羅斯福路二段 41 號 6 樓之 3
電　　話 (02)23216565
傳　　真 (02)23218698
電　　郵 SERVICE@WANJUAN.COM.TW
大陸經銷
廈門外圖臺灣書店有限公司
電郵 JKB188@188.COM

ISBN 978-986-496-062-0
2017 年 11 月初版一刷
定價：新臺幣 360 元

如何購買本書：
1. 劃撥購書，請透過以下帳號
帳號：15624015
戶名：萬卷樓圖書股份有限公司
2. 轉帳購書，請透過以下帳戶
合作金庫銀行古亭分行
戶名：萬卷樓圖書股份有限公司
帳號：0877717092596
3. 網路購書，請透過萬卷樓網站
網址 WWW.WANJUAN.COM.TW
大量購書，請直接聯繫，將有專人為您服務。(02)23216565 分機 10

國家圖書館出版品預行編目資料

落花生 / 許地山著 .
-- 初版 . -- 桃園市 : 昌明文化出版 ;
臺北市 : 萬卷樓發行 , 2017.11
260 面 ; 14.5x21 公分 . -- (民國時期經典童書)
ISBN 978-986-496-062-0 (平裝)
859.08　　　　106018352

本著作物經廈門墨客知識產權代理有限公司代理，由海豚出版社授權萬卷樓圖書股份有限公司出版、發行中文繁體字版版權。